www.ingramcontent.com/pod-product-compliance
Lightning Source LLC
LaVergne TN
LVHW010436070526
838199LV00066B/6045
9789358726411

پریوں کی کہانیاں

(بچوں کی کہانیاں)

اشرف صبوحی

© Ashraf Saboohi

PariyouN ki KahaniyaaN *(Kids Short Stories)*

by: Ashraf Saboohi

Edition: September '2024

Publisher :

Taemeer Publications LLC (Michigan, USA / Hyderabad, India)

ISBN 978-93-5872-641-1

مصنف یا ناشر کی پیشگی اجازت کے بغیر اس کتاب کا کوئی بھی حصہ کسی بھی شکل میں بشمول ویب سائٹ پر اَپ لوڈنگ کے لیے استعمال نہ کیا جائے۔ نیز اس کتاب پر کسی بھی قسم کے تنازع کو نمٹانے کا اختیار صرف حیدرآباد (تلنگانہ) کی عدلیہ کو ہو گا۔

© اشرف صبوحی

کتاب	:	**پریوں کی کہانیاں** (بچوں کی کہانیاں)
مصنف	:	**اشرف صبوحی**
ترتیب و تدوین	:	سید حیدرآبادی
صنف	:	ادب اطفال
ناشر	:	تعمیر پبلی کیشنز (حیدرآباد، انڈیا)
سالِ اشاعت	:	۲۰۲۴ء
صفحات	:	۵۴
سرورق ڈیزائن	:	تعمیر ویب ڈیزائن

فہرست

(۱)	نیلم پری	6
(۲)	طلسمی آئینہ	13
(۳)	بارہ بہنیں	25
(۴)	بہن کا پیار	30
(۵)	تقدیر کے کھیل	39
(۶)	ڈھول والا	45

پریوں کی کہانیاں

نیلم پری

ایک تھا درزی، اس کے تھے تین لڑکے۔ درزی بہت ہی غریب تھا۔ درزی کے پاس صرف ایک ہی بکری تھی۔ تینوں لڑکے اسی بکری کا دودھ پیتے اور کسی طرح گزر کرتے، ایک ایک دن ہر لڑکا بکری کو جنگل میں چرانے لے جاتا۔ جب لڑکے کچھ بڑے ہوگئے تو بکری کا دودھ ان کے لیے کم پڑنے لگا۔ مجبوراً بڑا لڑکا گھر چھوڑ کر باہر کمانے نکلا چلتے چلتے راستے میں ایک سوداگر ملا۔ سوداگر نے لڑکے سے پوچھا کہاں جا رہے ہو؟ لڑکے نے سارا حال سنا دیا۔ سوداگر کو اس پر ترس آیا اور اپنے پاس نوکر رکھ لیا۔ سوداگر نے خریدنے اور بیچنے کا کام اس کو سکھایا۔ لڑکا اپنا کام بڑی ایمان داری اور محنت سے کرتا۔ تھوڑے دنوں میں سوداگر کے کام کو بہت آگے بڑھا دیا۔ سوداگر بہت امیر ہوگیا۔ سوداگر لڑکے کے کام سے بہت ہی خوش ہوا۔ جب کام کرتے کرتے کئی برس گزر گئے تو لڑکے نے گھر جانے کی چھٹی مانگی۔ سوداگر نے خوشی سے چھٹی دی اور کہا "میں تمھارے کام سے بہت خوش ہوں۔ تمھاری

پریوں کی کہانیاں

ایمان داری کے بدلے میں تم کو یہ عجیب و غریب گدھا دیتا ہوں۔ یہ گدھا اپنے ساتھ لے جاؤ۔ جب تم اس کے مُنہ میں تھیلی باندھ کر کہو گے کہ "اگل" تو یہ فوراً سونا اُگلے گا، اور پوری تھیلی بھر دے گا۔ خواہ تھیلی کتنی ہی بڑی کیوں نہ ہو" لڑکا خوش خوش گھر روانہ ہو گیا۔

چلتے چلتے رات ہو گئی۔ لڑکا ایک سرائے میں ٹھہر گیا۔ بھٹیارے سے لڑکے نے کہا "خوب عمدہ عمدہ کھانا لاؤ" بھٹیارا اچھے اچھے کھانے پکوا کر لایا۔ لڑکے نے سونے کے ٹکڑے بھٹیارے کو دیے۔ بھٹیارا بڑا خوش ہوا اور سوچنے لگا یہ سونے کے ٹکڑے لڑکے کے پاس کہاں سے آئے۔ ہو نہ ہو کوئی خوبی اس گدھے میں ضرور ہے۔ یہ سوچ کر بھٹیارا جاگتا رہا۔ جب لڑکا سو گیا تو گدھا چرا کر لے گیا اور دوسرا گدھا اس کی جگہ باندھ دیا۔ لڑکا اندھیرے منہ اُٹھا اور گدھا لے کر روانہ ہو گیا۔ اس کو اپنے اصلی گدھے کی چوری کا کچھ حال نہ معلوم ہوا۔ گھر پہنچا تو اس کو دیکھ کر باپ بھائی سب جمع ہو گئے اور خوشی خوشی باتیں کرنے لگے۔

باپ :- کہو بیٹا پردیس میں کیا کیا سیکھا۔

لڑکا :- سوداگری۔

باپ :- ہمارے لیے کیا لائے ہو۔

لڑکا :- یہ گدھا۔

باپ :- توبہ کرو۔ گدھا لانے کی کیا ضرورت تھی۔ یہاں سیکڑوں گدھے مارے مارے پھرتے ہیں۔

بیٹا :- نہیں ابا۔ یہ معمولی گدھا نہیں ہے۔ اس میں ایک خاص بات ہے۔

پریوں کی کہانیاں

باپ:۔ وہ کیا خاص بات ہے۔

بیٹا:۔ اس میں خاص خوبی یہ ہے کہ اس کے منہ میں تھیلی باندھ دیں اور کہیں کہ "اُگل" تو یہ فوراً سونا اُگلنے لگتا ہے اور تھیلی کو بھر دیتا ہے، خواہ تھیلی کتنی ہی بڑی کیوں نہ ہو۔

بوڑھا درزی بیٹے کی بات کو تعجب سے سُنتا رہا۔ اور شک کی نظروں سے دیکھتا رہا۔ آخر لڑکے نے باپ کے شک کو دُور کرنے کے لیے کہا آپ اپنے دوستوں کو بلائیے۔ میں ابھی سب کو دولت سے مالا مال کیے دیتا ہوں، درزی نے اپنے خاص خاص دوستوں کو لا کر جمع کیا اور دولت حاصل کرنے کی خوش خبری سُنائی۔ سب لوگ آ گئے تو لڑکا گدھا لے کر آیا اس کے منہ میں تھیلی باندھی اور کہا کہ "اُگل" لیکن گدھا جوں کا توں کھڑا رہا۔ لڑکے نے کئی مرتبہ چلّا چلّا کر کہا "اُگل" "اُگل"، لیکن نتیجہ کچھ نہ نکلا۔ تھیلی جیسی خالی تھی ویسی ہی رہی، اور گدھا چُپ چاپ کھڑا رہا۔ اب لڑکا سمجھا کہ بھٹیارے نے گدھا چُرا لیا۔ درزی اپنے دوستوں کے سامنے بڑا شرمندہ ہوا۔ لڑکے پر خفا ہونے لگا تو نے مجھے سب کے سامنے ذلیل کیا۔

لڑکے نے سارا قصہ اپنے منجھلے بھائی کو سُنایا۔ اب دوسرا بھائی سفر پر روانہ ہوا۔ کئی دن تک برابر چلتا رہا۔ رات کو پیڑ کے نیچے سو رہتا۔ آخر ایک دن اس کو ایک بُڑھیا ملی، بُڑھیا جنگل کے کنارے ایک چھوٹی سی جھونپڑی میں رہتی تھی۔ لڑکا بُڑھیا کے ساتھ رہنے لگا بُڑھیا جو کام بتلاتی اس کو بڑی محنت سے کرتا۔ بُڑھیا اس کے کام سے بڑی خوش تھی۔ ایک دن لڑکے نے گھر جانے کو کہا بُڑھیا نے دعاؤں کے ساتھ رخصت کیا اور کہا کہ "دیکھو بیٹا میرے پاس ایک "سینی" ہے۔ جب کہو گے کہ "بھر جا" تو یہ

پریوں کی کہانیاں

بہترین کھانوں سے بھر جائے گی، اور جتنے آدمی بیٹھے ہوں گے پیٹ بھر کر کھالیں گے۔ تم یہ سینی لیتے جاؤ۔" لڑکا سینی پا کر بہت خوش ہوا اور گھر کی طرف چلا۔ راستے میں اس کو وہی سرائے ملی جہاں بڑے بھائی کا گدھا چوری گیا تھا۔ رات بسر کرنے کے لیے رُک گیا۔ بھٹیارے نے کھانے کے لیے پوچھا۔ لڑکے نے کہا "میں تم کو کھلاؤں گا۔" بھٹیارے نے کہا "تمہارے پاس تو کچھ ہے نہیں تم کہاں سے کھلاؤ گے"؟ لڑکے نے کہا "ٹھہرو۔" سینی سامنے نکال کر رکھ دی اور کہا "بھر جا" یہ کہتے ہی سینی اچھے اچھے کھانوں سے بھر گئی۔ بھٹیارا اس نرالی سینی کو لالچ بھری نظروں سے تکنے لگا اور اس کے چرانے کی ترکیبیں سوچنے لگا۔ لڑکا کافی تھک چکا تھا۔ کھانا کھاتے ہی سو گیا۔ بھٹیارا تاک میں تو لگا ہی ہوا تھا جب لڑکا سو گیا تو چپکے سے آیا اور سینی اُٹھا کر لے گیا اور اس کی جگہ پر دوسری ویسی ہی سینی رکھ دی۔ لڑکا صبح سویرے اُٹھا اور سینی لے کر گھر کی طرف روانہ ہو گیا۔ گھر پہنچا تو باپ اور بھائی سب اس کو دیکھ کر خوش ہو گئے اور باتیں کرنے لگے۔ لڑکے نے اپنے سفر کا سارا حال بیان اور مزے لے لے کر سینی کی خوبی بیان کی، درزی کو سینی کی اس خوبی کا یقین نہ آیا۔ لڑکے نے کہا "امتحان لے لیجیے۔ آپ لوگوں کو بلوائیے۔ دیکھیے میں ابھی سب کے لیے اچھے اچھے کھانے چُنوائے دیتا ہوں۔" لڑکے نے جب بہت ہی اصرار سے سینی کی خوبی بیان کی تو باپ نے اپنے چند دوستوں کی دعوت کی۔ سب لوگ گول دائرہ بنا کر بیٹھے اور بیچ میں سینی رکھی گئی۔ لڑکے نے کہا "بھر جا۔" لیکن سینی خالی کی خالی ہی رہی۔ اس نے پھر کہا "بھر جا" لیکن پھر بھی کچھ نہ ہوا۔ تین چار مرتبہ چلا چلا کر

کہا ”بھرجا، بھرجا، بھرجا“ لیکن سینی ویسی ہی خالی کی خالی پڑی رہی۔ سب لوگ لڑکے کا منہ تکنے لگے اور اسے جھوٹا بتانے لگے۔ لڑکا بہت شرمندہ ہوا اور باپ کو مارے شرم کے پانی پانی ہوگیا۔ لڑکے کو ایک تو سب کے سامنے شرمندگی کا افسوس تھا اور دوسرے اصلی سینی کے گم ہو جانے کا۔ اس نے اپنے چھوٹے بھائی کو بلایا اور سارا قصہ بتلایا۔ یہ چھوٹا بھائی سمجھ گیا کہ یقیناً بھٹیارے ہی کی شرارت ہے اور اسی نے گدھا اور سینی دونوں چیزیں چرائی ہیں۔

چھوٹا بھائی بہادر بھی تھا اور عقلمند بھی۔ ہمت باندھ کر روانہ ہوا کہ یہ دونوں چیزیں ضرور واپس لاؤں گا۔ کئی دن چلنے کے بعد اس کا گزر ایک میدان سے ہوا۔ یہ میدان پریوں کا تھا۔ رنگ برنگ کے پھول چاروں طرف کھلے ہوتے تھے۔ ہری ہری گھاس سبز مخمل کی طرح پھیلی ہوئی تھی۔ بیچ بیچ میں پانی کی سفید نہریں بہ رہی تھیں۔ ہوا خوشبو میں بسی ہوئی تھی۔ لڑکا دم لینے کے لیے (سستانے کے لیے) ٹھہر گیا۔ ہوا کی مست خوشبو نے آنکھوں میں نیند بھر دی اور وہ جلد ہی ایک گلاب کے پودے کے پاس پڑ کر سو رہا۔ لڑکا ابھی سویا ہی تھا کہ نیلم پری جو اس گلاب پر رہتی تھی اتری اور لڑکے کو ہوا میں لے کر اڑ گئی۔ دوسرے دن لڑکے نے اپنے آپ کو ایک بہت ہی گھنے جنگل کے بیچ پایا۔ وہ کہاں ہے، یہاں کیسے آیا؟ ابھی ان باتوں کو سوچ ہی رہا تھا کہ سارا جنگل طرح طرح کی آوازوں سے گونجنے لگا۔ اس کے بعد یک بیک لال رنگ کی روشنی سارے جنگل میں پھیل گئی۔ لڑکا بڑا پریشان ہوا۔ بار بار سوچتا، کچھ سمجھ میں نہ آتا۔ اتنے میں بڑے زور کی آواز اس کے کانوں میں آئی اور

سارا جنگل نیلے رنگ میں رنگ گیا۔ اس آواز کو سُن کر لڑکا کانپ گیا، اور گھبرا کر ایک طرف بھاگا۔ اس کے بھاگنے پر جنگل کی سب پریاں ہنس پڑیں۔ بات یہ تھی کہ پریاں لڑکے سے کھیل رہی تھیں۔ جب پریوں نے اپنا کھیل ختم کر لیا تو نیلم پری چھم چھم کرتی ہوئی لڑکے کے پاس آئی اور بولی "تم ہمارے میدان میں کیوں آئے ہو؟"

لڑکا:۔ مجھے نہیں معلوم تھا کہ میدان آپ کا ہے۔ یہاں آنا منع ہے۔ اب کبھی نہیں آؤں گا۔

نیلم پری:۔ (ہنستے ہوئے) کیا میدان پسند نہیں۔

لڑکا:۔ جی۔ میدان تو پسند ہے لیکن جنگل.....

نیلم پری:۔ کیا ڈر لگتا ہے۔

لڑکا:۔ جی ہاں۔

نیلم پری:۔ اچھا۔ اپنی آنکھیں بند کرو۔ اِدھر لڑکے نے آنکھیں بند کیں۔ اُدھر پری نے ہوا میں اپنا آنچل ہلایا اور سارا جنگل پھر اسی ہرے بھرے میدان میں بدل گیا۔ لڑکے نے آنکھیں کھول دیں۔ میدان دیکھ کر جان میں جان آئی۔ لڑکے کو جب ذرا اطمینان ہوا تو نیلم پری نے پوچھا "تم کیسے آئے؟" لڑکے نے دونوں بھائیوں کا سارا قصّہ سُنا دیا۔ وہ سینی اور گدھا واپس لینے جا رہا ہے۔ پری نے تالی بجائی فوراً دو دیو حاضر ہوئے۔ پری نے حکم دیا کہ "جاؤ سرائے والے بھٹیارے سے سینی اور گدھا چھین لاؤ۔" دیو آناً فاناً سرائے میں پہنچے اور چند منٹ میں سینی اور گدھا لا کر حاضر کر دیا۔ پری نے لڑکے سے کہا "یہ گدھا اور سینی لو۔" پری نے لڑکے کو ایک ڈنڈا بھی دیا اور کہا "جو شخص تمہارا دشمن ہو اس کی طرف اس ڈنڈے کو پھینک کر کہنا۔ "ناچ" پھر یہ ڈنڈا اس آدمی کی پیٹھ

پر خوب ناچ دکھائے گا۔ اتنا مارے گا کہ وہ آدمی بے ہوش ہو جائے گا۔" لڑکا سینی، گدھا اور ڈنڈا لے کر گھر جانے کے لیے تیار ہو گیا۔ پری نے دیو کو حکم دیا کہ جاؤ لڑکے کو گھر تک پہنچا آؤ۔ دیو نے حکم پاتے ہی لڑکے کو تمام سامان کے ساتھ ہاتھ پر اٹھا لیا اور ہوا میں اڑتا ہوا آن کی آن میں گھر پہنچا۔

گھر کے سب لوگ جمع ہو گئے۔ چھوٹے بھائی نے سب کی خوب دعوتیں کیں اور سونے کے ٹکڑے بھی بانٹے۔ اب درزی کی شرمندگی دور ہو گئی اور سب لوگ ہنسی خوشی رہنے لگے۔

پریوں کی کہانیاں

طلسمی آئینہ

ایک بادشاہ تھا۔ اس کے کوئی اولاد نہ تھی۔ بہت دنوں کے بعد ایک لڑکی پیدا ہوئی، بادشاہ بے حد خوش ہوا اور لڑکی کا نام زہرہ رکھا۔ اس نے مارے خوشی کے سارے شہر کی دعوت کی۔ پریوں کو بھی بُلایا۔ سب پریاں خوشی خوشی دعوت میں آئیں۔ مبارکبادی کے گانے گائے۔ ہر ایک پری نے شہزادی کو ایک ایک دُعا دی۔ کسی نے کہا شہزادی کی زندگی بڑی ہو۔ کسی نے کہا شہزادی علم و ہنر والی بنے۔ ایک پری نے شہزادی کو خوبصورتی کی دُعا دی اور کہا کہ شہزادی چاند کی طرح خوب صورت ہو۔ اس دُعا پر سب پریوں نے آمین کہی اور شہزادی کے سر پر ہاتھ پھیرا۔ پریاں یہ دعائیں دے کر ہوا میں غائب ہوگئیں۔ "ناگ پری" دعوت میں شریک نہ ہوسکی تھی۔ بادشاہ اس کو دعوت دینا بھول گیا تھا۔ ناگ پری بڑی خراب طبیعت کی تھی۔ اس نے بد دُعا دی کہ شہزادی کو ماں کی محبّت نہ نصیب ہو۔ اور سوتیلی ماں کی دشمنی جھیلنی پڑے۔ بادشاہ نے ناگ پری کی یہ بد دُعا سُن کر طے کر لیا کہ وہ کبھی بھی دوسری شادی نہ کرے گا اور اپنی رانی کی اچھی طرح دیکھ بھال شروع کی۔ لیکن اتفاق ایسا ہوا کہ رانی کی طبیعت خراب ہوئی۔ بڑے بڑے حکیم علاج کے لیے بُلائے گئے مگر رانی کی بیماری بڑھتی ہی گئی۔ ہوتے ہوتے ایک دن ایسا آیا کہ رانی

مر گئی اور ناگ پری کی بددعا صحیح نکلی۔ اب بادشاہ بے حد گھبرایا۔ شہزادی زہرہ پھوٹ پھوٹ کر روئی لیکن جو ہونا تھا ہو چکا۔ رونے دھونے سے کچھ بھی فائدہ نہ ہوا۔ بادشاہ دن بھر اُداس رہتا کسی کام میں اس کا جی نہ لگتا۔ ایک مرتبہ وزیروں نے صلاح دی کہ حضور دوسری شادی کرلیں۔ بادشاہ دوسری شادی کا نام سُن کر بے حد خفا ہوا اور وزیروں کو ڈانٹ کر بھگا دیا۔ تھوڑے دنوں کے بعد پھر سارے وزیر بادشاہ کے دربار میں پہنچے اور سمجھایا کہ حضور آپ کے بعد راج گدی کا کوئی مالک نہیں۔ دوسری شادی کر لیجیے کہ شاید خدا کے فضل سے کوئی شہزادہ پیدا ہو جس سے آپ کا نام روشن ہو سکے اور یہ گدی آباد رہے۔ شہزادہ کا خیال آتے ہی بادشاہ دوسری شادی کرنے پر راضی ہو گیا۔ سب وزیروں نے مل کر ایک بڑی خوب صورت سی رانی تلاش کی اور بادشاہ کی دوسری شادی بڑی دھوم دھام سے کی گئی۔ جب یہ نئی رانی محل میں آئی تو وہ دن بھر اپنے بنا و سنگار میں لگی رہتی۔ دوسروں کے دُکھ درد سے اُسے کچھ مطلب نہ تھا۔ اور شہزادی زہرہ کو تو وہ کبھی بھولے سے بھی نہ پوچھتی۔ بادشاہ خود شہزادی زہرہ کی دیکھ بھال کرتا نہلاتا کھلاتا۔ پھر شہزادی اِدھر اُدھر کھیلنے لگتی۔ ایک دن ناگ پری نے نئی رانی کو ایک جادو کا آئینہ جا کر دیا اور کہا کہ جب تم اس آئینے کے سامنے کھڑی ہو کر پوچھو گی کہ "دُنیا میں سب سے زیادہ خوب صورت کون ہے" تو یہ آئینہ فوراً جواب دے گا" رانی کو خوب صورت بننے کا بڑا شوق تھا۔ وہ بہت ہی خراب دل کی عورت تھی، وہ نہ چاہتی تھی کہ اس کے علاوہ بھی کوئی دوسرا خوب صورت ہو۔ یہ آئینہ پا کر بے حد خوش ہوئی۔

فوراً بن سنور کر آئینہ کے سامنے کھڑی ہوئی اور پوچھا۔ "آئینے آئینے! سچ سچ بولو کون ہے سب سے بڑھ کر حسین؟" آئینہ نے یہ سوال سُنا اور فوراً جواب دیا۔ "سُن لو سُن لو، غور سے سُن لو! رانی ہے سب سے بڑھ کر حسین"۔ آئینہ کا یہ جواب سُن کر رانی خوش ہوگئی۔ اس کا غرور اور زیادہ بڑھ گیا۔ تھوڑے دنوں کے بعد زہرہ جوان ہوگئی۔ اس کا خوب صورت سا گول چہرہ ایسا ہی بھلا معلوم ہوتا تھا جیسا کہ چودھویں رات کا چاند۔ وہ سب سے بڑھ کر خوب صورت تھی اور دُنیا میں کوئی ایسا نہ تھا جو اس کا مقابلہ کرتا۔ ایک دن رانی حسبِ معمول آئینے کے سامنے کھڑی ہوئی اور وہی سوال کیا۔ آئینے آئینے سچ سچ بولو کون ہے سب سے بڑھ کر حسین؟ آئینہ فوراً بولا، "سُن لو، سُن لو، غور سے سُن لو! تم تھیں پہلے سب سے حسین! لیکن اب تو زہرہ ہے زہرہ، سب سے بڑھ کر حسین!" رانی آئینہ کا یہ جواب سن کر جل کر خاک ہوگئی۔ اس کے جی میں آیا کہ جا کر ابھی زہرہ کی گردن مروڑ دے لیکن بادشاہ کے ڈر سے چُپ ہو رہی اور دل ہی دل میں اس کی جان لینے کی ترکیبیں سوچنے لگی۔ ایک دن اس نے جلّاد کو بُلوایا اور کہا کہ میں تجھ کو بہت سا روپیا انعام دلاؤں گی اس چھوکری زہرہ کو جنگل میں لے جا اور قتل کر دے، اس کا دل مجھے لا کر دکھلا تب مجھ کو یقین ہوگا کہ تو نے قتل کر دیا اور یاد رکھ کہ اگر تو نے اس کو قتل نہ کیا تو میں تیری بوٹیاں کتّوں سے نوچوا ڈالوں گی۔ شہزادی زہرہ بڑی نیک اور سیدھی طبیعت کی تھی۔ وہ رات کے وقت اپنے کمرے میں بے خبر سو رہی تھی کہ جلّاد پہنچا اور شہزادی کو اُٹھا کر جنگل میں لے گیا۔ جب شہزادی

جنگل میں پہنچی تو اس کی نیند ٹوٹی۔ مارے ڈر کے کانپ گئی۔ اس کی سمجھ میں کچھ نہ آیا کہ جلاّد اس کو پکڑ کر جنگل میں کیوں لے آیا۔ جب اس نے جلاّد کے ہاتھ میں چھرا دیکھا تو بے ہوش ہو کر گر پڑی۔

جلاّد نے اپنا چھرا مضبوط ہاتھوں سے پکڑا اور شہزادی کو قتل کرنے کے لیے آگے بڑھا لیکن جوں ہی بڑھا تھا پتھر سے ٹھوکر لگی اور منہ کے بل گر پڑا اور وہ چھرا اس کے دل میں گھس گیا۔ بڑے زور سے ایک چیخ نکلی اور وہ خون میں نہا گیا۔ جلاّد کی چیخ سے شہزادی ہوش میں آگئی۔ دیکھتی کیا ہے کہ جلاّد خون میں نہایا ہوا زمین پر پڑا ہے۔ کچھ نہ سمجھ سکی کہ یہ کیا ماجرا ہے۔ چیختی ہوئی بڑے زور سے بھاگی۔ بھاگتی بھاگتی وہ جنگل کے بالکل دوسرے کنارے پر پہنچ گئی۔ وہاں چند درختوں کی آڑ میں ایک مکان نظر آیا۔ بچاری دوڑتے دوڑتے تھک گئی تھی۔ مکان کے قریب پہنچی اور چپکے سے دروازہ کھول کر داخل ہوئی۔ اس نے دیکھا کہ بہت ہی چھوٹے چھوٹے سات پلنگ بچھے ہوئے ہیں اور ایک پر سات چھوٹی چھوٹی پیالیوں میں دودھ رکھا ہوا ہے۔ زہرہ دیکھ کر حیران ہو گئی کہ اتنے چھوٹے چھوٹے پلنگ اور اتنی چھوٹی چھوٹی پیالیاں کس کی ہیں وہ بھوکی پیاسی تو تھی ہی۔ پہلے اس نے ایک پیالی اٹھا کر پی لیکن اس سے بھوک نہ گئی۔ پھر دوسری پیالی پی لی اس سے بھی بھوک نہ گئی پھر تیسری۔ آخر ساتوں پیالیوں کا دودھ پی گئی۔ اور ساتوں چارپائیوں کو قریب ملا کر ایک چارپائی بنائی اور پڑ کر سو گئی۔ اس مکان میں سات بونے رہتے تھے۔ بونے بہت ہی چھوٹے چھوٹے تھے۔ انھیں کی ساتوں چارپائیاں اور ساتوں پیالیاں تھیں۔ تھوڑی دیر کے بعد جب

پریوں کی کہانیاں

بونے آئے تو انھوں نے اپنی دودھ کی پیالیاں خالی پائیں انھیں بڑا تعجب ہوا کہ کون ان کا دودھ پی گیا۔ اِدھر اُدھر انھوں نے دیکھنا شروع کیا۔ آخر انھیں نظر آیا کہ کوئی شخص ساتوں چارپائیوں کو مِلا کر سو رہا ہے۔ بونے اتنا لمبا آدمی دیکھ کر ڈر گئے۔ ایک بونا جو کچھ بہادر تھا آگے بڑھا اور باقی بونے اس کے پیچھے چارپائی کے پاس گئے۔ آہستہ سے چادر اُٹھائی۔ شہزادی زہرا سوتی ہوئی نظر آئی۔ بونوں نے کبھی کوئی اتنی خوب صورت لڑکی نہ دیکھی تھی۔ فوراً گھٹنے ٹیک کر زمین پر سجدے میں گر پڑے اور شہزادی کی پوجا کرنے لگے۔ ساتوں بونے رات بھر پوجا کرتے رہے۔ صبح کو شہزادی جب سو کر اُٹھی تو سب بونے ہاتھ جوڑ کر کھڑے ہو گئے اور شہزادی سے کہنے لگے کہ ہم آپ کے غلام ہیں۔

شہزادی نے بونوں کو اپنی مصیبت کی کہانی سُنائی۔ بونوں نے شہزادی کو تسکین دی اور کہا کہ آپ یہیں رہیے ہم آپ کی حفاظت کریں گے۔ اب شہزادی بونوں کے ساتھ رہنے لگی۔ مکان کی صفائی کرتی چراغ جلاتی اور کھانا پکاتی۔ دن کے وقت سب بونے جنگل میں کام کرنے چلے جاتے رات کو واپس آتے اور شہزادی کا انتظام دیکھ کر بے حد خوش ہوتے۔

ادھر جب جلاّد جب واپس نہ گیا تو رانی بہت بے چین ہوئی آئینہ کے سامنے کھڑے ہو کر پھر پوچھا۔ "آئینہ آئینہ سچ سچ بولو کون ہے سب سے بڑھ کر حسین"۔ آئینہ فوراً بولا۔ "سُن لو سُن لو۔ غور سے سن لو" تم تھیں پہلے سب سے حسین۔ لیکن اب تو زہرہ ہے زہرہ ہے سب سے بڑھ کر حسین، جو رہتی ہے جنگل میں بونوں کے ساتھ۔ آئینہ کا یہ جواب سُن کر رانی مارے غصّے کے کانپ گئی۔

اسے یقین ہو گیا کہ زہرہ زندہ ہے۔ اب اس نے زہرہ کی جان لینے کا پکا ارادہ کر لیا اور یہ ٹھان لیا کہ کسی نہ کسی بہانے سے وہ اس کو ضرور مار ڈالے گی۔

ایک دن رانی نے سودا بیچنے والی کا بھیس بدلا۔ ایک ٹوکری میں چینی کے پھول دار برتن رکھے اور بیچنے نکلی۔ بیچتے بیچتے وہ جنگل کے اس پار پہنچی جہاں بونوں کا مکان تھا۔ اس وقت شہزادی مکان میں اکیلی تھی۔ بونے جنگل میں کام کرنے گئے ہوئے تھے۔ رانی سر پر برتنوں کا ٹوکرا لیے اِدھر اُدھر چکر لگاتی اور زور زور سے چلا کر کہتی "نئے برتن سے پرانے برتن بدلو" "نئے برتن سے پرانے برتن لو"

یہ آواز شہزادی کے کانوں میں بھی پہنچی۔ دوڑ کر کھڑکی کے قریب آئی اور جھانک کر برتن بیچنے والی کو دیکھنے لگی، جوں ہی اس نے کھڑکی سے باہر سر نکالا۔ رانی نے دیکھ لیا اور پہچان لیا کہ یہی زہرہ ہے۔ اب رانی اور زور زور سے آواز لگانے لگی۔ شہزادی نے اپنے دل میں سوچا کہ پرانے برتنوں سے نئے برتن بدل لیں۔ بونے چینی کے ایسے خوب صورت برتن دیکھ کر ضرور خوش ہوں گے۔ یہ سوچ کر برتن والی کو گھر کے اندر بلا لیا۔ پرانے برتن جمع کر کے دیے اور نئے برتنوں کا ٹوکرا اٹھا کر رکھنے چلی۔ جوں ہی اس نے پیٹھ موڑی تھی کہ رانی نے جھٹ سے اس کے گلے میں پیچھے سے پھندا ڈال دیا اور رسی کس دی۔ شہزادی بچاری دھڑ سے زمین پر گر پڑی۔ رانی نے اب اس کا گلا اور زور سے گھونٹا اور سارا جسم رسیوں میں جکڑ کر باندھ دیا۔ اب اس کو اطمینان ہو گیا کہ شہزادی کا دم تھوڑی دیر میں نکل جائے گا اور مردہ لاش بن جائے گی۔

آہستہ آہستہ مکان سے باہر نکلی اور محل کی طرف تیزی سے چلنے لگی۔ آدھی رات کے قریب محل میں پہنچی۔ جسم کی سیاہی دھوئی۔ کپڑے بدلے اور پھر آئینہ کے سامنے کھڑے ہو کر گھومنے لگی۔ "آئینہ آئینہ سچ سچ بولو۔ کون ہے سب سے بڑھ کر حسین تیز آئینہ بولا "سُن لو سُن لو غور سے سن لو رانی ہے سب سے بڑھ کر حسین"۔ رانی مارے خوشی کے اُچھل پڑی۔ اس کو یقین ہو گیا کہ زہرہ مر چکی ہے۔ اب اپنی خوب صورتی پر وہ پھر غور کرنے لگی اور ساری "دنیا میں اپنے آپ کو سب سے بڑھ چڑھ کر سمجھنے لگی۔

رات کے وقت جب بونے اپنے مکان میں واپس پہنچے تو دیکھا زہرہ رسیوں میں جکڑی ہوئی بے ہوش پڑی ہے۔ بونوں نے جلدی جلدی رسی کھولی، گلے کا پھندا کھولا۔ شہزادی بے ہوش تھی لیکن سانس ابھی تک آ جا رہی تھی، بونوں نے ٹھنڈے پانی کا چھینٹا زہرہ کے مُنہ پر مارا، جس سے زہرہ ہوش میں آ گئی۔ اس کے جسم پر رسیوں کے باندھنے کی وجہ سے نشان پڑ گئے تھے۔ کئی دن تک بیمار رہی۔ بونوں نے بہت ہی اچھی طرح اس کی خدمت کی۔ تھوڑے دنوں میں وہ اچھی ہو گئی، جسم کے داغ بھی مٹ گئے اب وہ پھر پہلے ہی کی طرح خوب صورت نظر آنے لگی۔

رانی روز آئینہ کے سامنے کھڑے ہو کر اپنی خوب صورتی کے بارے میں پوچھا کرتی۔ آج پھر اس نے آئینہ سے پوچھا اور آئینہ نے جواب دیا کہ "شہزادی زہرہ سب سے بڑھ کر خوب صورت ہے"۔ اب رانی کے دل میں حسد کی آگ پھر جلنے لگی، وہ سمجھ گئی کہ شہزادی زہرہ زندہ ہے، اس کی جان لینے کی نئی ترکیبیں وہ پھر سوچنے لگی۔ بڑی کوششوں کے بعد اس نے ایک زہریلا کنگھا

تیار کیا، اس کنگھے میں یہ بات تھی کہ جو شخص بھی اس کو اپنے بالوں میں لگا لیتا فوراً بے ہوش ہو جاتا۔ رانی نے یہ کنگھا اور ایک بڑا سا چاقو جیب میں رکھا اور ایک پھول والی کا بھیس بدل کر بونوں کے مکان پر پہنچی۔ سر پر ٹوکرا رکھا تھا، اور اس میں رنگ برنگ کے پودے سے پھول سجے ہوئے تھے۔ شہزادی اپنے کمرے میں اکیلی بیٹھی ہوئی تھی اور بونے جنگل میں گئے تھے، رانی نے آواز لگانی شروع کی "تازہ خوشبودار پھول، تازہ پھول"۔ شہزادی کے جی میں آیا کہ بونوں کے واسطے تھوڑے سے پھول لے لے۔ دروازہ کھولا اور پھول والی کو بلا لیا۔ رانی جو پھول والی کے بھیس میں تھی اندر آئی اور پھولوں کا ایک پودا ہاتھ میں لے کر شہزادی کو دکھلانے لگی۔ شہزادی پھول کی پتیوں کو ابھی دیکھ ہی رہی تھی کہ رانی نے جلدی سے کنگھا نکالا اور شہزادی کے بالوں میں کھونس دیا۔ شہزادی فوراً بے ہوش ہو کر زمین پر آ رہی۔ اب رانی نے شہزادی کی زندگی کو ہمیشہ کے لیے ختم کرنے کے لیے چاقو نکالا! چاقو کھول کر شہزادی کی گردن کی طرف ہاتھ بڑھا یا ہی تھا کہ اتفاق سے اس کے دوسرے ہاتھ میں زور سے بچھو نے ڈنک مارا۔ یہ بچھو بڑا زہریلا تھا اور اس پودے میں چھپا ہوا تھا جو اپنے دوسرے ہاتھ میں لے کر شہزادی کو دکھلا رہی تھی، بچھو کے ڈنک مارتے ہی رانی کا سارا جسم کانپ اُٹھا۔ چاقو اس کے ہاتھ سے گر گیا اور وہ بے ہوش ہو کر زمین پر لیٹ گئی۔

شہزادی کے جسم میں کنگھے کا زہر پھیل رہا ہے اور پھول والی (جو اصل میں رانی تھی) کے جسم میں بچھو کا ڈنک چڑھ رہا ہے۔ دونوں بے ہوش ہیں۔ دونوں کا رنگ پیلا پڑ رہا ہے۔ تھوڑی دیر کے بعد شام ہوئی اور بونے گھر میں داخل ہوئے۔

وہ یہ تماشا دیکھ کر کچھ نہ سمجھ سکے اور نہ یہ پہچان سکے کہ یہ پھول والی کون ہے؟ ایک بونے نے شہزادی کے بالوں سے کنگھا نکالا جوں ہی کنگھا بالوں سے الگ ہوا شہزادی ہوش میں آ گئی اور اس نے یہ بتلایا کہ اس پھول والی نے یہ کنگھا میرے بالوں میں لگا دیا۔ اب بونے سمجھ گئے کہ یہ پھول والی ہی اصل میں رانی ہے اور شہزادی زہرہ کی دشمن ہے۔ بونوں نے پھول والی کو پکڑ کر ایک مکان میں بند کر دیا۔

دوسرے دن صبح کو پھر سب بونے جنگل میں کام کرنے لگے اور شہزادی گھر کے کام کاج میں لگ گئی۔ رانی بھی اب ہوش میں آ چکی تھی۔ بچھو کا زہر اتر چکا تھا وہ اپنے آپ کو کمرے میں بند پا کر سمجھ گئی کہ قید میں ہے۔ اب وہ نکل بھاگنے کی ترکیبیں سوچنے لگی۔ اتفاق سے اس کمرے میں ایک کھڑکی تھی جو ٹوٹی ہوئی تھی۔ رانی اس کھڑکی کے راستے باہر کود پڑی اور نکل بھاگی۔ بھاگتی بھاگتی محل میں پہنچی لیکن اس کا حسد اب بھی کم نہ ہوا تھا۔ وہ شہزادی کی جان کے پیچھے اب بھی پڑی تھی اور اس کے مار ڈالنے کی ترکیبیں سوچ رہی تھی۔

جنگل کی صاف ستھری ہوا سادی غذا اور محنت کی وجہ سے شہزادی کی تندرستی بڑی اچھی تھی اس کی خوب صورتی دن بدن بڑھتی جا رہی تھی۔ رانی محل میں جب کبھی آئینہ سے پوچھتی تو آئینہ شہزادی زہرہ کی خوب صورتی کی بڑی تعریفیں کرتا۔ رانی اور جل جاتی اور دانت پیس پیس کر کہتی کہ کسی نہ کسی طرح میں اس کی جان ضرور لوں گی۔ آخر ایک ترکیب اس کی سمجھ میں آئی اس نے ایک زہر تیار کیا اور اس کو ایک لال سیب میں

پریوں کی کہانیاں

بھر دیا اور دوسرے بہت سے سیبوں کے ساتھ یہ زہر والا سیب بھی ایک ٹوکری میں رکھ پھل بیچنے والی کا بھیس بدل کر شہزادی کے مکان کے پاس پہنچی اور زور زور سے پکار کر کہنے لگی "سیب لے لو" سیب لے لو" شہزادی ڈری ہوئی تھی اس کی ہمت نہ پڑتی تھی کہ سیب والی کو اندر بلائے اس لیے کھڑکی پر کھڑی ہی کھڑی پھل بیچنے والی کو دیکھتی رہی۔ رانی یعنی کہ پھل والی نے جب دیکھا کہ شہزادی کھڑکی سے جھانک رہی ہے تو فوراً کھڑکی کے پاس پہنچی اور کہنے لگی "دیکھو یہ سیب کتنے خوب صورت اور میٹھے ہیں" یہ کہہ کر رانی نے ایک سیب کاٹا اور کھایا، شہزادی سے بھی کھانے کو کہا۔ لیکن شہزادی نے انکار کیا، جب پھل والی نے بار بار کہا تو شہزادی ذرا سا چکھنے پر راضی ہو گئی۔ اب رانی نے موقع غنیمت جان کر وہی زہریلا سیب کاٹا اور شہزادی کو کھلا دیا۔ شہزادی کھانے کے ساتھ ہی بے ہوش ہو گئی اور دھڑ سے زمین پر گر پڑی۔ رانی مارے خوشی کے اُچھل پڑی اور خوشی خوشی محل میں واپس آ گئی۔ کپڑے وغیرہ بدل کر آئینہ کے سامنے کھڑی ہوئی اور پوچھنے لگی "آئینہ آئینہ سچ بولو۔ کون ہے سب سے بڑھ کر حسین" آئینے نے فوراً جواب دیا۔ "سن لو سن لو، غور سے سن لو، رانی ہے سب سے بڑھ کر حسیں" اب رانی کا کلیجا ٹھنڈا ہوا اور شہزادی کی جان لے کر چین سے بیٹھی۔

رات کے وقت جب بونے گھر واپس پہنچے تو انھوں نے شہزادی کو مردہ پایا۔ بچارے مارے افسوس کے رونے لگے، لیکن کر کیا سکتے تھے۔ ساتھ رہتے رہتے انھیں شہزادی سے بڑی محبت ہو گئی تھی وہ شہزادی کے مردہ جسم کو بار بار دیکھتے اور روتے۔ اگرچہ شہزادی مر چکی تھی لیکن اس کا جسم اب بھی

پھول کی طرح کھلا ہوا تھا، وہی ہونٹوں پر مُسکراہٹ وہی چہرے پر شگفتگی وہی جسم میں نزاکت۔ بس یہ معلوم ہوتا تھا کہ شہزادی گہری نیند میں سوگئی ہے۔ اسے دیکھ کر ہرگز یہ یقین نہ ہوتا تھا کہ وہ مرچکی ہے۔ سب بونوں نے مل کر شیشے کا ایک لمبا سا بکس بنایا اس میں کافور بچھایا اور شہزادی کو اس میں لٹا کر بکس پہاڑ کی سب سے اونچی چوٹی پر رکھ آئے۔

کچھ ہی دنوں کے بعد ایک شہزادہ شکار کھیلتے کھیلتے پہاڑ کی اس سب سے اونچی چوٹی پر پہنچا۔ جب اس کی نظر اس شیشے کی الماری پر پڑی تو وہ بہت متعجب ہوا۔ شہزادی آرام سے لیٹی ہوئی تھی۔ اس کا جسم اب بھی تروتازہ تھا، اس کا گورا رنگ اب بھی دل کو لُبھارہا تھا۔ شہزادہ کچھ دیر تک تو سوچ میں پڑا رہا۔ پھر ہمت کرکے بکس کھولا، شہزادی کو اُٹھایا اور پیٹھ پر لاد کر پہاڑ کے نیچے اُترنا شروع کیا۔ پہاڑ ڈھالواں تھا۔ چھوٹے بڑے چٹان بہت سے تھے، جب شہزادہ اُترنے لگا تو اس کے پیر اونچے نیچے پڑے اور شہزادی کا سر بار بار ہلا۔ ایک مرتبہ شہزادہ نے ایک چٹان سے دوسری چٹان پر ایک لمبی چھلانگ ماری اور شہزادی کا مُنہ کُھل گیا، جیسے ہی مُنہ کُھلا زہریلا سیب کا ٹکڑا باہر گر پڑا اور شہزادی آہستہ آہستہ ہوش میں آنا شروع ہوئی۔ یہاں تک کہ جب شہزادہ پہاڑ سے اُتر کر نیچے برابر زمین پر پہنچا تو شہزادی ہوش میں آچکی تھی، دونوں ایک دوسرے کو دیکھ کر خوش ہوئے اور باتیں کرنے لگے۔ شہزادہ جب اپنے مُلک میں پہنچا تو اس نے شہزادی سے شادی کرلی۔

اب شہزادی نے رانی کی دشمنی کا سارا حال شہزادے کو بتلایا۔

اور یہ کہا کہ اس کے پاس ایک جادو کا آئینہ ہے جو میری خوبصورتی کی اطلاع اس کو دیتا رہتا ہے۔ اور وہ حسد کی وجہ سے میری جان لینے کی ترکیبیں سوچا کرتی ہے۔ شہزادے نے ایک بڑی بھاری فوج جمع کی اور رانی کے مُلک پر حملہ کر کے وہ آئینہ چھین لیا اور توڑ پھوڑ کر پھینک دیا۔ اب شہزادہ اور شہزادی ہنسی خوشی کے ساتھ رہنے لگے۔ اور رانی اور بھی زیادہ حسد کی آگ میں جلنے لگی۔

پریوں کی کہانیاں

بارہ بہنیں

ایک تھا بادشاہ، جس کے تھیں بارہ لڑکیاں، سب کی سب بڑی خوب صورت تھیں۔ سب ایک ہی ساتھ رہتیں اور ایک ہی کمرے میں سوتیں، سب کی چارپائیاں کمرے میں برابر سے لگی ہوئی تھیں۔ جب لڑکیاں سو جاتیں تو بادشاہ خود آکر باہر سے کمرے کا دروازہ بند کر دیتا۔ بادشاہ کو ڈر تھا کہ لڑکیوں کو کہیں کوئی تکلیف نہ پہنچ جائے۔ اس لیے وہ ہر رات کو دروازہ بند کر دیتا تھا اور صبح سویرے ہی کھول جاتا۔

ایک دن صبح کو جب بادشاہ دروازہ کھولنے آیا تو یہ دیکھ کر اسے بڑا تعجب ہوا کہ بارھوں لڑکیوں کے جوتے ایک قطار میں رکھے ہوئے ہیں، ہر جوتے کی ایڑی گھسی ہوئی ہے۔ جوتے گرد میں اٹے ہوئے ہیں۔ بادشاہ سمجھ گیا کہ لڑکیاں ضرور رات کو کہیں گئیں تھیں مگر لڑکیاں کیوں کر باہر گئیں، یہ اس کی سمجھ میں نہ آیا۔ لڑکیوں سے پوچھنا مناسب نہ سمجھا آخر میں مجبور ہو کر اس نے اعلان کیا کہ جو کوئی بھی معلوم کر لے گا کہ شہزادیاں رات کو کہاں جاتی ہیں اس کی شادی اس شہزادی سے کر دی جائے گی جس کو وہ پسند کرے گا۔ راج پاٹ بھی اسی کو دے دیا جائے گا۔ مگر شرط یہ ہے کہ تین دن

پریوں کی کہانیاں

کے اندر معلوم کر کے تبلائے ورنہ پھانسی دے دی جائے گی۔

کچھ دنوں کے بعد ایک شہزادہ آیا اور اپنے آپ کو اس کام کے لیے پیش کیا۔ بادشاہ نے اس کا استقبال بڑی دھوم دھام سے کیا۔ شہزادیوں کا کمرہ دکھلایا۔ کمرے کے پاس ہی شہزادے کے سونے اور رہنے کا انتظام کیا۔ تاکہ نزدیک سے شہزادیوں کی نگرانی اچھی طرح کر سکے۔

رات کو شہزادیوں کے کمرے کا دروازہ کھلا چھوڑ دیا گیا تاکہ شہزادہ ان کے سونے جاگنے کو اچھی طرح دیکھ سکے۔ لیکن ابھی تھوڑی ہی رات گئی تھی کہ شہزادے کی آنکھوں میں نیند بھر آئی اور وہ بے خبر ہو کر سو رہا۔ شہزادیاں ہر رات کی طرح آج رات کو بھی گھومنے گئیں جب صبح سویرے بادشاہ آیا تو اس نے دیکھا کہ لڑکیوں کے جوتوں پر گرد پڑی ہوئی ہے اور ایڑیاں گھسی ہوئی ہیں۔ بادشاہ نے شہزادہ سے پوچھا کہ "تبلاؤ لڑکیاں کہاں گئی تھیں"؟ شہزادہ کوئی جواب نہ دے سکا۔ دوسری اور تیسری رات کو بھی شہزادیاں گھومنے گئیں اور شہزادہ ہر رات سوتا رہا۔ آخر چوتھے دن شہزادے کو پھانسی دے دی گئی۔

اس کے بعد بہت سے شہزادے آئے مگر کوئی بھی یہ نہ معلوم کر سکا کہ شہزادیاں کب اور کہاں گھومنے جاتی ہیں۔

ایک دن ایسا اتفاق ہوا کہ ایک غریب سپاہی سڑک سے گزر رہا تھا۔ اس نے بھی بادشاہ کا اعلان دیکھا۔ جی میں آیا کہ کسی طرح یہ بھید معلوم ہو جاتا تو زندگی بڑے آرام سے گزرتی لیکن یہ بھید کیسے معلوم ہو یہ اس کی کچھ سمجھ میں نہ آیا۔ اسی سوچ میں چلا جا رہا تھا کہ ایک بڑھیا ملی۔ بڑھیا نے پوچھا "سپاہی سپاہی کہاں جا رہے ہو"؟ سپاہی نے کہا۔ "یہ تو مجھ کو بھی نہیں

معلوم، مگر دل یہ چاہتا ہے کہ کسی طرح شہزادیوں کے گھومنے کا بھید معلوم ہو جاتا تو بڑا اچھا ہو جاتا۔" بڑھیا نے کہا یہ کوئی مشکل بات نہیں۔ بس تم ہمت کر لو تو بیڑا پار ہے۔ دیکھو رات کو کھانے کے بعد لڑکیاں شراب بھجوائیں گی اس کو نہ پینا، اس کے پینے سے بڑی گہری نیند آتی ہے۔ تم ہرگز ہرگز شراب مت پینا۔ بستر پر لیٹتے ہی سوتا ہوا بن جانا اور یہ ظاہر کرنا کہ تم گہری نیند میں سو رہے ہو، تاکہ شہزادیاں نڈر ہو کر گھومنے جا سکیں، یہ لبادہ بھی اپنے ساتھ لے جاؤ، اس میں خاص بات یہ ہے کہ جب تم اس کو اوڑھ لو گے تو تمھیں کوئی بھی نہیں دیکھ سکتا اور تم سب کو دیکھ سکتے ہو۔"

جب بڑھیا سب کچھ سمجھا چکی تو سپاہی کی ہمت اور بڑھ گئی۔ وہ بادشاہ کے پاس خوش خوش گیا اور کہنے لگا میں معلوم کروں گا کہ شہزادیاں رات کو کہاں گھومنے جاتی ہیں۔ بادشاہ نے سپاہی کو عمدہ کپڑے پہنائے اور شہزادیوں کے کمرے کے پاس لے جا کر اس کے سونے کا کمرہ بتلا دیا۔

شام ہوتے ہی ایک شہزادی شراب کا پیالہ لیے ہوئے سپاہی کے پاس آئی اور ہنس کر پینے کو کہا۔ سپاہی نے اپنے حلق کے پاس ایک تھیلی باندھ رکھی تھی۔ سپاہی نے بڑی ہوشیاری سے شراب تھیلی میں انڈیل لی۔ چارپائی پر لیٹتے ہی گہری نیند میں سوتا ہوا بن گیا۔ شہزادیاں یہ دیکھ کر بہت خوش ہوئیں۔

آدھی رات کے قریب شہزادیاں اٹھیں، کپڑے پہنے، بال سنوارے، اور گھومنے جانے کے لیے تیار ہو گئیں۔ سپاہی اپنی چارپائی پر لیٹا ہوا یہ سب دیکھتا رہا۔ شہزادیاں ہنستی ہوئیں کمرے سے باہر نکلیں اور گھومنے کے لیے جانے لگیں۔ سپاہی چپکے سے اٹھا۔ لبادہ اوڑھ کر شہزادیوں کے

پریوں کی کہانیاں

پیچھے ہو لیا۔

تھوڑی دُور چلنے کے بعد سب سے چھوٹی شہزادی بولی، " مجھے ڈر لگ رہا ہے، نہ جانے آج کیا بات ہے دل خوش نہیں"۔ بڑی شہزادی نے کہا: " تم بس یوں ہی ڈر رہی ہو۔ کوئی بات نہیں۔" یہ کہہ کر تمام شہزادیاں ہنستی ہوئی ایک باغ میں پہنچیں۔ باغ کے تمام درخت نہایت خوب صورتی سے برابر لگے ہوئے تھے۔ پتیاں چاندی کی طرح سفید تھیں۔ سپاہی نے ایک درخت سے چھوٹی سی شاخ توڑ لی۔ شاخ توڑنے سے آواز پیدا ہوئی۔ چھوٹی شہزادی سہم گئی اور دوسری بہنوں سے کہنے لگی" کیا تم لوگ یہ آواز نہیں سُن رہی ہو۔ آج ضرور کچھ نہ کچھ ہونے والا ہے۔ مجھے تو بڑا ڈر لگ رہا ہے" بڑی شہزادی نے پھر ہنس کر اُس کی بات کو ٹالا اور کہا کہ کچھ نہیں بس تمھیں کچھ وہم ہو گیا ہے۔ چلتے چلتے شہزادیاں دوسرے باغ میں پہنچیں جہاں درختوں کی پتیاں سنہرے رنگ کی تھیں، باغ کے بیچ میں ایک خوب صورت چبوترا بنا ہوا تھا۔ سب شہزادیاں اس پر بیٹھ گئیں۔ یہاں بارہ پیالے شربت کے بھرے ہوئے رکھے تھے ہر ایک شہزادی نے ایک پیالہ پیا اور پھر آگے کی طرف چلیں۔ سپاہی نے یہاں بھی ایک ٹہنی توڑی۔ اور ایک پیالہ اُٹھا کر لبادہ میں رکھ لیا۔ چھوٹی شہزادی شاخ ٹوٹنے کی آواز پر پھر ڈری اور بڑی شہزادی نے پھر دلاسا دیا۔

تھوڑی دیر کے بعد شہزادیاں ایک دریا کے کنارے پہنچیں۔ یہاں بارہ کشتیاں کنارے پر لگی ہوئی تھیں۔ اور ہر ایک کشتی میں ایک شہزادہ بیٹھا ہوا تھا۔ شہزادیاں ایک ایک کشتی میں بیٹھ گئیں اور دریا کے بیچ میں جا کر موجوں کا تماشا دیکھنے لگیں۔

صبح ہوتے ہوتے شہزادیاں واپس آکر اپنی چارپائی پر سوگئیں۔
بادشاہ نے صبح کو شہزادیوں کے گھومنے کا حال سپاہی سے پوچھا سپاہی نے تفصیل سے تمام جگہیں بتلادیں، اور ثبوت کے طور پر درختوں کی شاخیں اور پیالہ پیش کر دیا۔ بادشاہ نے لڑکیوں کو بُلا کر پوچھا کہ "سپاہی جو کچھ کہہ رہا ہے ٹھیک ہے۔" لڑکیوں نے کہا۔ "ہاں سچ ہے۔"

بادشاہ نے اپنا مقرر کیا ہوا انعام دینے کا اعلان کر دیا۔ سپاہی نے بڑی شہزادی کو پسند کیا اس سے شادی کر دی گئی اور سپاہی کو سلطنت ولی عہد بنا دیا گیا۔

بہن کا پیار

ایک تھی رانی۔ اس کے بارہ لڑکے تھے۔ راجا کو بہت ارمان تھا کہ ایک لڑکی بھی ہوتی، لیکن خدا کی مرضی ایسی کہ ہر مرتبہ رانی کے لڑکا ہی پیدا ہوتا۔ یہاں تک کہ لڑکے تو بارہ ہوگئے اور لڑکی ایک بھی نہ ہوئی۔ اب راجا نے غصہ میں آکر کہا کہ اگر اس بار لڑکی پیدا ہوئی تو میں ان بارھوں لڑکوں کو مار ڈالوں گا تاکہ لڑکی ہی راج کرے اور ساری دولت اسی کو ملے۔ یہ سوچ کر راجا نے لڑکوں کے لیے بارہ بڑے بڑے صندوق بنوائے تاکہ جیسے ہی لڑکی پیدا ہو ان لڑکوں کو قتل کرکے ان کی لاشیں صندوقوں میں رکھ دے۔ ہر صندوق میں ایک ایک کفن بھی رکھ دیا۔ رانی یہ سب کچھ دیکھ کر بہت روتی پیٹتی۔ دن دن بھر اسے روتے ہوئے گزرتا۔ کوئی چیز بھی اچھی نہ لگتی۔ آخر ایک دن چھوٹے لڑکے نے پوچھا کہ "امی تم کیوں روتی ہو"؟ بچاری ماں بچے کے اس سوال پر اور پھوٹ پھوٹ کر رونے لگی۔ اور یہ کہہ کر ٹالنا چاہا کہ کچھ نہیں یوں ہی رو رہی ہوں۔ لیکن لڑکا نہ مانا۔ وہ بار بار ضد کرکے ماں سے رونے کی وجہ پوچھنے لگا۔ آخر تنگ آکر ماں بچے کو اس کمرے میں لے گئی جہاں صندوق کفن کے

ساتھ رکھے ہوئے تھے۔ ماں نے بچّہ کو صندوق و کفن دکھلائے۔ اور بتایا کہ یہ سب کچھ تم بھائیوں کے لیے ہے۔ راجا نے کہا ہے کہ جب کبھی کوئی لڑکی پیدا ہوگی تو تم سارے بھائی مار ڈالے جاؤ گے۔ اور تمھاری لاشیں صندوقوں میں بند کرکے رکھ دی جائیں گی۔ یہ سُن کر لڑکے نے ماں کو تسلی دی اور کہا۔ کہ "تم روؤ نہیں ہم آپ اپنی مدد کریں گے اور کسی نہ کسی طرح اپنی جان بچائیں گے ماں نے لڑکے کو چمکارتے ہوئے کہا کہ "بیٹا تم اپنے سب بھائیوں کو لے کر جنگل میں نکل جاؤ اور جو سب سے اونچا درخت ہو اس پر چڑھ جاؤ وہاں سے شاہی محل کی بُرجیوں کو دیکھتے رہا کرو۔ اگر میرے یہاں لڑکی پیدا ہوئی تو میں سب سے اونچے برج کے اوپر لال جھنڈا گڑوادوں گی اور لڑکا ہوا تو سفید جھنڈا لگوادوں گی۔ تم لال جھنڈا دیکھنا تو محل کی طرف ہرگز رُخ نہ کرنا اور اگر سفید دیکھنا تو واپس آجانا۔

دوسرے دن صبح کو ماں نے ہر ایک لڑکے کو کلیجے سے لگایا، پیار کیا، اور جنگل کی طرف روانہ کیا لڑکوں نے جنگل میں پہنچ کر ایک جھونپڑا بنایا اور اس میں رہنے لگے۔ ایک ایک دن ہر ایک لڑکا باری باری سے درخت کی سب سے اونچی شاخ پر چڑھتا اور شاہی محل کی طرف دیکھتا کہ سفید جھنڈا لہرا رہا ہے یا لال۔ باقی دوسرے بھائی جنگل میں اِدھر اُدھر جاتے اور ہرن وغیرہ شکار کرکے لاتے جس کا گوشت بھون کر رات کو سب بھائی کھاتے اور پھر اسی جھونپڑے میں سو رہتے۔ اس طرح لڑکوں نے کئی برس جنگل میں گزارے۔ ایک دن چھوٹا بھائی درخت کی سب سے اونچی شاخ پر بیٹھا ہوا تھا کہ یک بیک شاہی محل کی چوٹی پر لال جھنڈا لہراتا ہوا نظر آیا۔ وہ کانپ

اُٹھا اور سمجھ گیا کہ موت کے دن قریب ہیں۔ رات کو جب سب بھائی اکٹھا ہوئے تو چھوٹے بھائی نے "لال جھنڈا" کی خبر سُنائی۔ سب بھائیوں نے مل کر صلاح و مشورہ سے یہ طے کیا کہ محض ایک لڑکی کی وجہ سے ہرگز اپنی جانیں نہیں دیں گے جو بھی لڑکی اس جنگل میں نظر آئے گی ہم اس کا خون بہادیں گے اور ہم اپنے زندہ رہنے کی پوری کوشش کریں گے۔ اس عرصہ میں تمام بھائی تیر چلانا سیکھ گئے تھے۔ جنگل کی صاف ستھری ہوا محنت مشقت اور ہرن اور چڑیاں کے تازہ گوشت نے ان کو مضبوط اور بہادر بنا دیا تھا۔ وہ بڑے سے بڑے وحشی جانوروں سے بھی نہ ڈرتے تھے اور بڑی خوشی سے جنگل میں اپنی زندگی بسر کرتے تھے۔

ایک رات کو کچھ پریاں سیر کرتی ہوئی اس جنگل کی طرف آنکلیں۔ انھیں یہاں لڑکوں کو دیکھ کر بڑا تعجب ہوا۔ پریاں جھونپڑی کے سامنے اُتریں اور انھوں نے ان سے حال پوچھا۔ لڑکوں نے انھیں سارا قصہ سُنادیا کہ کس طرح ان کا باپ ان کی جان کا دشمن ہے۔ پریوں کو لڑکوں پر ترس آیا اور انھوں نے راجکماروں کی سیر کے لیے ایک بڑا خوب صورت باغ بنایا اور رنگ برنگ کے خوب صورت پھول لگادیے۔ پریوں نے راجکماروں کے نام پر ایک ایک گلاب کا پودا لگایا اور دُعا دی کہ جب تک اس گلاب کے پھول تازہ رہیں گے راجکمار بھی خوش و خرّم رہیں گے۔

صبح کو جب شہزادے سوکر اُٹھے تو انھوں نے اپنے جھونپڑے کے سامنے یہ خوب صورت باغ دیکھا اور خوش ہوگئے۔

رانی کے جب لڑکی پیدا ہوئی تو راجا بہت خوش ہوا اور اس سے اس کو اور بھی خوشی ہوئی کہ لڑکے پہلے ہی سے محل چھوڑ کر چلے

پریوں کی کہانیاں

گیئے۔ لڑکی کی پرورش راجا نے بہت اچھی طرح شروع کی۔ ہوتے ہوتے وہ لڑکی بڑی ہو گئی۔ بڑی خوب صورت اور سمجھ دار نکلی۔ اور سب سے بڑی بات تو یہ تھی کہ دل کی بڑی اچھی تھی۔ ایک دن لڑکی اپنے محل کے کمروں میں گھوم رہی تھی کہ ایک جگہ اس نے بارہ قمیصیں دیکھیں۔ قمیصیں ہاتھ میں لے کر اپنی ماں کے پاس دوڑتی ہوئی گئی اور پوچھنے لگی کہ "امی جان یہ قمیصیں کس کی ہیں"؟ ماں بچاری اس سوال پر پھوٹ پھوٹ کر رونے لگی۔ اور کہا "بیٹی نہ پوچھو" لیکن لڑکی نہ مانی۔ ماں نے سارا قصہ سنا دیا۔ لڑکی باپ کے اس انوکھے فیصلے کو سمجھ نہ سکی اور اس نے ماں کو تسلی دی کہ "تم روؤ نہیں میں اپنے بھائیوں کو ڈھونڈ نکالوں گی"۔ یہ کہہ کر شہزادی نے قمیصیں اپنے ساتھ لیں اور جنگل کی طرف روانہ ہو گئی۔

جب وہ جنگل میں پہنچی تو دیکھتی کیا ہے کہ اس کے بیچوں بیچ ایک چھوٹی سی جھونپڑی ہے۔ وہ جھونپڑی کے پاس پہنچی۔ جھونپڑی کے کواڑ اندر سے بند تھے۔ اس کی کنڈی کھٹکھٹائی۔ اس پر اندر سے ایک خوب صورت نوجوان تیر کمان لے کر نکلا اور چاہا کہ لڑکی کو مار ڈالے۔ لیکن لڑکی نے کہا "ٹھہرو! میری جان لینے سے پہلے دو باتیں کر لو"۔

لڑکا:۔ تم کون ہو اور کس لیے آئی ہو۔

شہزادی:۔ میں یہاں کے راجا کی لڑکی ہوں۔ میرے پیدا ہونے سے پہلے ہی میرے بارہ بھائی گھر کو چھوڑ کر جنگل کی طرف روانہ ہو گئے تھے۔ کیوں کہ میرے باپ نے یہ طے کیا تھا کہ جب میں پیدا ہوں گی تو وہ میرے بھائیوں کو قتل کر ڈالے گا۔ کل جب میں راج محل کے کمروں میں گھوم رہی تھی تو مجھے اپنے بھائیوں

کی قمیصیں دکھائی دیں۔ اب میں اپنے بھائیوں کی تلاش میں نکلی ہوں۔ ایک بار انھیں دیکھ لینے دو پھر چاہے تم مجھے مار ڈالو۔ بتاؤ اس جنگل میں تم نے ان کو کہیں دیکھا ہے؟

لڑکا:۔ (آنکھوں میں آنسو بھر کر) تمھارا چھوٹا بھائی میں ہوں باقی گیارہ بھائی شکار کھیلنے گئے ہیں وہ شام تک لوٹ کر آئیں گے۔

یہ سنتے ہی لڑکی بھائی کے گلے لگ گئی۔ دونوں کی آنکھوں میں خوشی کے آنسو بھر آئے اور بہت دیر تک ایک دوسرے سے باتیں کرتے رہے۔ جب شام ہوئی تو چھوٹے بھائی نے اپنی بہن سے کہا" دیکھو ہم سب بھائیوں نے یہ قسم کھائی ہے کہ جس لڑکی کو بھی ہم پہلی مرتبہ دیکھیں گے اس کو مار ڈالیں گے۔ اس لیے تمھاری جان خطرے میں ہے، جب سب لوٹ کر یہاں آئیں گے اور تم کو دیکھیں گے تو مار ڈالیں گے۔"

بہن:۔ کوئی حرج نہیں اگر میرے بھائی مجھ کو مار کر خوش ہونا چاہتے ہیں تو میں اپنی جان خوشی سے دینے کے لیے تیار ہوں۔

بھائی:۔ نہیں نہیں ہم اپنی بہن کی جان لے کر کبھی خوش نہیں ہو سکتے تم ایک کام کرو وہ جو املی کا بڑا سا درخت نظر آ رہا ہے۔ اس کی کھوہ میں چھپ جاؤ۔ میں تمھیں کسی نہ کسی طرح بچا لوں گا۔

یہ سن کر چھوٹی بہن درخت کی کھوہ میں جا کر چھپ گئی۔ تھوڑی دیر کے بعد سب بھائی واپس آ گئے اور شکار کا گوشت بھوننے لگے جب کھانا وغیرہ کھا چکے تو باقی سب بھائیوں نے چھوٹے بھائی سے پوچھا کہ "کہو دن کیسے گزرا؟"

چھوٹا بھائی:۔ بڑے مزے میں آج دن بھر میں بہت خوش رہا اور اب ہمیشہ ایسے ہی خوش رہوں گا۔

بڑے بھائی:۔ بتاؤ ایسی کیا دولت ہاتھ آگئی؟

چھوٹا بھائی:۔ نہیں بتاؤں گا۔ شاید تم لوگ چھین لو۔

پہلے تو سب بھائی چھوٹے بھائی کی اس بات کو مذاق سمجھتے رہے لیکن جب چھوٹا بھائی سچ مچ خوش نظر آنے لگا تو بڑے بھائیوں نے اور کرید کرید کر پوچھا کہ "آخر اس خوشی کی کیا وجہ ہے"؟ چھوٹے بھائی نے کہا "ایک شرط پر بتاؤں گا۔ آپ سب وعدہ کریں کہ اگر کوئی لڑکی دکھائی دے تو اس کی جان نہ لوگے"۔ سب بھائیوں نے قسم کھائی اور وعدہ کیا کہ ہم ہرگز نہ ماریں گے۔ اب چھوٹا بھائی دوڑ کر گیا اور درخت کی کھوہ سے بہن کا ہاتھ پکڑ کر نکال لایا۔ اور سب بھائیوں کو بتایا کہ یہ ہماری بہن ہے اور ہم سے ملنے آئی ہے۔ تمام بھائی اپنی بہن کو دیکھ کر بے حد خوش ہوئے۔ اور ایک ساتھ جنگل میں خوش خوش رہنے لگے۔ دن کو سب بھائی شکار کو جاتے۔ اور چھوٹی بہن جھونپڑے کی صفائی کرتی۔ کھانا پکاتی اور اپنے بھائیوں کو ہر طرح کا آرام پہنچایا کرتی۔ ایک دن سب بھائی جھونپڑے کے سامنے بیٹھے ہوئے تھے۔ چھوٹی بہن اپنے تمام کاموں سے فارغ ہو کر ٹہلنے نکلی۔ ٹہلتی ٹہلتی وہ اس خوب صورت باغ میں پہنچی جس کو پریوں نے بنوایا تھا۔ گلاب کے تر و تازہ پودے کھڑے تھے۔ اور ان میں بڑے بڑے پھول لٹک رہے تھے۔ چھوٹی بہن نے اپنے دل میں سوچا کہ ہر ایک بھائی کو ایک ایک پھول لے جا کر دے۔ اس لیے وہ گلاب کے پودوں کے پاس گئی اور بارہ پھول توڑے، جوں ہی اس نے پھول توڑے بارھوں بھائی کوا بن کر اڑ گئے۔ اور وہ باغ بھی نظروں سے غائب ہو گیا۔ لڑکی حیران و پریشان کھڑی کی کھڑی رہ گئی۔ اس کی سمجھ میں کچھ نہ آیا کہ یہ کیا ہو گیا۔

پریوں کی کہانیاں

تھوڑی دیر کے بعد اس نے دیکھا کہ وہ ایک گھنے جنگل کے اندر کھڑی ہے اور بارہ کوے درخت پر بیٹھے ہوئے ہیں۔ وہ مارے ڈر کے کانپ گئی اور بے ہوش ہوکر زمین پر گر گئی۔ تھوڑی دیر میں جب اُس کو ہوش آیا تو اُس نے دیکھا کہ ایک پری اس کے سرہانے کھڑی ہے اور کہہ رہی ہے کہ شہزادی یہ تو نے کیا کیا؟ جو پھول تو نے توڑے ہیں وہ تیرے بھائی تھے۔ پھولوں کے ٹوٹنے کے ساتھ ہی وہ کوّا بن کر اُڑ گئے اور اب اِدھر سے اُدھر اُڑتے پھریں گے۔

شہزادی:۔ میری اچھی پری بتاؤ کیا اب میرے بھائی مجھ کو نہیں مل سکتے، اگر نہیں مل سکتے تو مجھ کو بھی کوّا بنا دو میں بھی اُن کے ساتھ اڑوں گی۔

پری:۔ صرف ایک صورت ہے وہ یہ کہ تم سات برس تک گونگی بن جاؤ۔ اس درمیان میں نہ ہنسنا نہ بولنا۔ اگر ایک سکنڈ کے لیے بھی تم ہنسو یا بولوگی تو تمھارے بھائی تم کو کبھی نہ ملیں گے۔ جب سات برس پورے ہو جائیں تو تم یہیں آنا وہی باغ اور وہی گلاب کے پودے ملیں گے اور تمھارے بھائی تمھارے پاس ہوں گے۔

یہ کہہ کر پری ہوا میں غائب ہوگئی اور شہزادی گھاس پر خاموش پڑی رہی۔ ایک شہزادہ جو جنگل ہی میں شکار کھیلنے آیا ہوا تھا شکار کھیلتے کھیلتے اِدھر آ پہنچا۔ دیکھتا کیا ہے کہ ایک خوبصورت شاہزادی گھاس پر لیٹی ہوئی ہے۔ شہزادہ قریب آیا اور شہزادی سے کہنے لگا۔ ”تم ہمارے گھر چلوگی؟ ہم تم کو اپنی رانی بنائیں گے“۔ شہزادی نے کچھ جواب نہ دیا۔ صرف سر ہلا کر اپنی رضامندی ظاہر

کی۔ شاہزادہ یہ سمجھا کہ شاید شہزادی شرما رہی ہے۔ اس لیے بغیر کچھ زیادہ بات چیت کیے ہوئے شہزادی کو گھوڑے پر بٹھا کر گھر لے گیا۔ اور اپنی ماں سے کہا کہ "میں اپنے لیے ایک بڑی خوبصورت سی رانی لایا ہوں"۔ شہزادے کی ماں بھی شہزادی کو دیکھ کر خوش ہو گئی اور کہنے لگی واقعی بڑی خوب صورت رانی ہے۔

دوسرے دن شادی کا سامان کیا گیا اور شہزادے کی شادی بڑی دھوم دھام سے کی گئی اور دونوں ساتھ رہنے لگے۔

کچھ دنوں تک تو لوگ یہ سمجھتے رہے کہ شہزادی شرم کی وجہ سے نہیں بول رہی ہے لیکن جب چپ رہتے کافی دن ہو گئے تو لوگوں نے شہزادی کو گونگی سمجھ لیا۔ ایک دن شہزادہ کی ماں کہنے لگی کہ یہ تم کس گونگی عورت کو اٹھالائے ہو، یہ بڑی منحوس ہے۔ اگر صرف گونگی ہوتی تو نہ بولتی لیکن کبھی ہنستی تو۔ لیکن یہ تو کہیں کی بھیک مانگنے والی ہے۔ جب سے یہ آئی ہے نحوست چھائی ہوئی ہے۔ شہزادہ کی ماں اور اسی قسم کی باتیں کیا کرتی۔ برسوں کے دن گزر گئے اور شہزادہ روز اسی قسم کی باتیں سنتا رہا۔ آخر ایک دن عاجز ہو کر اس نے طے کیا کہ اُس لائی ہوئی شہزادی کو قتل کر دے گا۔ اس نے قتل کا حکم دے دیا اور جلاّد ننگی تلواریں سامنے لے کر کھڑے ہو گئے۔ اب جلاّد اپنی تلوار شہزادی کی گردن پر مارنے والے ہی تھے، کہ اس وقت سات برس کی مدت ختم ہو رہی تھی۔ شہزادی اس سارے تماشے پر کھلکھلا کر ہنس پڑی۔ اور کہنے لگی کہ "راجا ٹھہریے اور میرے قتل کی وجہ کبھی تو مجھ کو بتلا دیجیے۔ مجھ بے گناہ کا خون آپ کیوں کر رہے ہیں؟" یہ آواز سنتے ہی جلاّد کی تلوار فوراً رک گئی اور شہزادہ مارے خوشی کے اچھل پڑا۔ اس نے

پریوں کی کہانیاں

رانی کو گلے لگا کر کہا "آخر اتنے دنوں تک تم چپ کیوں تھیں۔ یہ کیسا مذاق تھا"؟ رانی نے اب اپنے بھائیوں کا سارا قصہ سنایا۔ اور شہزادے سے کہا "میرے ساتھ اسی جنگل میں چلیے جہاں سے آپ مجھ کو لے آئے ہیں۔ شہزادہ اور رانی جنگل میں گئے۔ وہی جھونپڑا تھا، وہی باغ اور وہی گلاب کے بارہ پودے، جن میں خوب صورت پھول کھلے ہوئے تھے۔ بارھوں بھائی باغ میں ٹھنڈی ہوا کھا رہے تھے۔ رانی نے اپنی کہانی اپنے بھائیوں کو سنائی اور بتلایا کہ اس نے شہزادہ سے شادی کر لی ہے۔

رانی اپنے بھائیوں کے ساتھ شہزادے کو لے کر باپ کے گھر گئی۔ باپ مر چکا تھا۔ سب بھائیوں نے کہا کہ چوں کہ چھوٹے بھائی نے بہن کا پتا لگایا ہے اس لیے چھوٹا بھائی بادشاہ بنایا جائے۔ چناں چہ سب کی مرضی سے چھوٹا بھائی بادشاہ بنا اور چھوٹی بہن شہزادہ کے ساتھ پھر واپس چلی آئی۔

پریوں کی کہانیاں

تقدیر کے کھیل

ایک غریب عورت تھی، اس کے یہاں ایک لڑکا پیدا ہوا۔ پنڈتوں اور نجومیوں نے کہا کہ یہ لڑکا بڑا خوش قسمت ہے۔ چودہ برس کی عمر میں بادشاہ ہوگا۔ ایک دن ایسا اتفاق ہوا کہ بادشاہ بھی اس گاؤں سے گزرا، اس کے آدمیوں نے اس کو یہ خبر پہنچائی کہ ایک لڑکا ایسا پیدا ہوا ہے جو چودہ برس کی عمر میں شہزادی سے شادی کرے گا۔ بادشاہ بہت ہی بُرے دل کا آدمی تھا۔ یہ خبر سنتے ہی وہ کہنے لگا لڑکے کو جس طرح بھی ہو جان سے مار دینا چاہیے۔ یہ سوچ کر گھومتا گھومتا لڑکے کے گھر پہنچا اور اس کے ماں باپ سے کہا کہ "یہ لڑکا مجھے دے دو۔ میں اس کو پالوں گا۔" پہلے تو ماں راضی نہ ہوئی، مگر بادشاہ کے ڈرانے اور دھمکانے سے مجبوراً راضی ہوگئی۔

بادشاہ لڑکے کو لے کر ایک جنگل میں گیا اور وہاں ایک بکس میں بند کر کے دریا میں چھوڑ دیا۔ بادشاہ جس وقت بکس کو دریا میں ڈال رہا تھا، جنگل کی پریاں سیر کے لیے آئی ہوئی تھیں یہ دیکھ کر پریاں رُک گئیں۔ پریاں بڑے نیک دل کی تھیں، ان

پریوں کی کہانیاں

کو بے گناہ بچے پر بڑا رحم آیا۔ بادشاہ جب بکس کو دریا میں ڈال کر چلا گیا تو پریوں نے بکس کی حفاظت شروع کی، لوری گاتی ہوئی اور بکس کو آہستہ آہستہ کھینتی ہوئی دور تک لے گئیں۔

خدا کا کرنا ایسا کہ دریا کے کنارے ایک بہت بڑے زمیندار کا مکان تھا۔ اس زمیندار کے کوئی اولاد نہ تھی۔ اس دن زمیندار کی بیوی نہانے آئی تھی، اس نے تیرتا ہوا بکس دیکھا تو اپنا آدمی بھیج کر نکلوایا۔ یہ دیکھ کر بے حد خوش ہوئی کہ بکس میں ایک بے حد خوب صورت بچہ لیٹا ہوا ہے۔ بچے کو پا کر بے حد خوش ہوئی اور مارے خوشی کے کلیجے سے لگالیا، منہ چوما اور خوش خوش گھر چلی، گھر پہنچ کر شوہر سے کہا کہ "خدا نے اپنی طرف سے مجھ کو یہ بچہ دیا ہے۔ میں اس کو اپنا بیٹا بناؤں گی، اس کو پالوں گی۔ شوہر بھی بڑا خوش ہوا کہ منہ مانگی مراد پائی۔

زمیندار کی بیوی نے بڑی محنت سے لڑکے کو پالا، ہوتے ہوتے چودہ برس ہو گئے۔ بچہ جوان ہو کر بہت ہی خوب صورت نکلا۔ زمیندار اور اس کی بیوی دونوں لڑکے کو دیکھتے اور مارے خوشی کے پھولے نہ سماتے۔

ایک دن بادشاہ شکار کھیلنے گیا۔ چلتے چلتے بہت دور نکل گیا۔ اور رات ہو گئی۔ بادشاہ نے سپاہیوں کو دوڑایا کہ جا کر دیکھو کہیں کوئی ٹھہرنے کی جگہ ہے۔ سپاہیوں نے آکر عرض کیا کہ "حضور یہاں سے تھوڑی دور پر دریا ہے اور اس کے کنارے زمیندار کا مکان ہے۔ بادشاہ سپاہیوں کے ساتھ زمیندار کے مکان پر پہنچا۔ زمیندار نے بڑی عزت کی، خوب کھلایا پلایا۔ جب بادشاہ کھا پی چکا تو اس نے زمیندار سے پوچھا کہ "تمھارے کوئی لڑکا بھی ہے"؟

زمیندار نے اُس لڑکے کی طرف جو نزدیک ہی کھڑا تھا، اشارہ کرکے کہا کہ میرا اپنا لڑکا تو کوئی نہیں، مگر مجھ کو بھی اللہ نے یہ دولت دے ہی دی۔ بس اب یہی میرا لڑکا ہے۔ بادشاہ نے پوچھا "تم کو یہ لڑکا کہاں اور کیسے مل گیا؟" زمیندار نے کہا کہ "آج چودہ برس ہوئے میری بیوی ایک دن دریا میں نہانے گئی تھی، اس نے دیکھا کہ ایک بکس بہتا ہوا جارہا ہے۔ آدمی بھیج کر بکس نکلوایا۔ یہ بچّہ اسی بکس میں تھا۔ میری بیوی اس بچّے کو دیکھ کر بے حد خوش ہوئی اور اپنا لڑکا بنا کر پال لیا۔ ہمارا یہ بچّہ اب چودہ برس کا ہے اور یہی ہماری پونجی ہے۔"

بادشاہ زمیندار کی باتیں سُن کر سوچ میں پڑ گیا۔ بادشاہ سمجھ گیا کہ یہ وہی لڑکا ہے جس کو اس نے بکس میں بند کرکے دریا میں پھینک دیا تھا۔ بادشاہ لڑکے کی جان لینے کے لیے نئی ترکیبیں سوچنے لگا۔ آخر ایک ترکیب سوجھ ہی گئی۔ بادشاہ نے زمیندار سے پوچھا "کیا تمھارا لڑکا میرا ایک کام کردے گا؟" زمیندار نے جواب دیا "بڑی خوشی سے حضور!" بادشاہ نے کہا کہ "اچھا اپنے لڑکے کو میرا یہ خط دے کر کہو کہ فوراً شاہی محل چلے جاؤ اور رانی کو یہ خط دے دے۔" زمیندار نے ہاتھ باندھ کر عرض کیا کہ "رات کا وقت ہے راستہ میں بڑا گھنا جنگل پڑتا ہے، اگر کوئی ہرج نہ ہو تو کل صبح کو لڑکا چلا جائے۔" بادشاہ نے کہا "نہیں وہ ابھی اور اسی وقت جائے گا۔" زمیندار نے لڑکے کو خط اور بہت سی دعائیں دے کر اللہ کے سُپرد کیا۔ لڑکا بڑا بہادر تھا۔ ماں باپ کا کہا مانتا تھا۔ حکم پاتے ہی روانہ ہو گیا۔

لڑکا آدھی رات کے قریب جنگل کے بیچ میں پہنچا۔ تھک گیا

تھا، نیند آنے لگی، ایک درخت کے نیچے پڑ کر سو رہا۔ لیٹتے ہی وہی پریاں، جنھوں نے اس کی جان دریا میں ڈوبنے سے بچائی تھی اس کے پاس پہنچیں۔ پریوں نے اس کے ہاتھ سے خط لے لیا اور کھول کر پڑھا اس میں لکھا تھا۔ "جیسے ہی یہ لڑکا پہنچے اس کو فوراً قتل کر ڈالنا۔" پریوں نے کہا اچھا! یہ بات ہے۔ وہ خط رکھ لیا۔ اور دوسرا خط لکھ کر لڑکے کے پاس چھوڑ گئیں۔ اس میں لکھا تھا "جیسے ہی یہ لڑکا محل میں داخل ہو۔ اس کو فوراً شاہی لباس پہنانا اور شہزادی سے شادی کر دینا۔" ابھی رات باقی ہی تھی کہ لڑکے کی آنکھ کھل گئی۔ جلدی جلدی چل کر سورج نکلتے ہی محل پر پہنچ گیا اور رانی کو خط دے دیا۔ رانی نے خط میں بادشاہ کا حکم پڑھا۔ تعجب سے کبھی خط پڑھتی کبھی لڑکے کو دیکھتی۔ بار بار خط کو پڑھتی۔ بادشاہ کا دستخط بھی موجود تھا۔ شاہی مہر بھی لگی ہوئی تھی، رانی کو یقین ہو گیا کہ خط بادشاہ ہی کے ہاتھ کا لکھا ہوا ہے۔ حکم کے مطابق فوراً لڑکے کو شاہی لباس پہنایا اور شہزادی سے شادی کر دی۔ پریاں بھی اس شادی میں شریک ہوئیں، آج شاہی محل ہر دن سے زیادہ جگمگا رہا تھا۔ ہر طرف خوشبو ہی خوشبو پھیلی تھی۔ لڑکا شاہی کپڑے پہن کر بہت ہی خوبصورت شہزادہ معلوم ہو رہا تھا، رانی اس شہزادے کو بار بار دیکھتی اور خوشی سے پھولی نہ سماتی۔ جب شادی کی تمام رسمیں پوری ہو گئیں تو پریاں مبارکبادی کے گانے گاتی ہوئی جنگل واپس چلی گئیں۔

بادشاہ کو اطمینان تھا کہ لڑکا تو مار ہی ڈالا گیا ہو گا۔ اس لیے اس نے واپس آنے میں جلدی نہ کی، دو ایک دن اور شکار میں گزارے، پھر محل کی طرف واپس پلٹا۔ چلتے چلتے رات ہو گئی۔ راستے میں وہی جنگل پڑا جہاں پریاں رہتی تھیں، بادشاہ نے یہاں اپنا پڑاؤ ڈالا۔ گھوڑے درختوں سے باندھ دیے گئے۔ سپاہی میدان میں پڑ کر سو

رہے بادشاہ بھی نرم اور ملائم گدّوں پر سو رہا۔ جب رات آدھی سے زیادہ گزری تو پریوں کا جھنڈ آیا۔ ایک پری نے بادشاہ کے پاس جا کر اس کو ڈانٹنا شروع کیا۔ "تو ظالم ہے۔ بے گناہوں کی جان لیا کرتا ہے۔ جا گھر پر دیکھ کہ خدا اپنے حکم کو کس طرح پورا کرتا ہے" دوسری پری آئی اور یہ بد دعا دے کر چلی گئی کہ "کل تو مر جائے گا"۔ اس کے بعد پریاں ایک ایک سپاہی کے پاس گئیں۔ ان کو سمجھایا کہ ظالم بادشاہ کا حکم ماننا ظلم ہے۔ شاہی محل میں پہنچ کر اس بے رحم بادشاہ کو ختم کر دو اور نئے شہزادے کی اطاعت قبول کرو، جو محل میں بیٹھا ہوا ہے۔

صبح کو بادشاہ سو کر اٹھا، سپاہی بھی اٹھے، بادشاہ رات کے خواب سے بڑا پریشان تھا اور ہر سپاہی کے کان میں بھی خواب کی آواز گونج رہی تھی۔ فوراً چلنے کا حکم دے دیا۔ تھوڑی دیر بعد بادشاہ اپنے آدمیوں کے ساتھ محل میں داخل ہو گیا۔ رانی استقبال کے لیے آگے آئی۔ بادشاہ نے پوچھا "تم نے اس لڑکے کو قتل کروا دیا؟"

رانی:- کس لڑکے کو؟

بادشاہ:- جس کو خط دے کر میں نے بھیجا تھا۔ اور اس میں اس کے قتل کا حکم لکھا تھا۔

رانی:- (سن سے ہو گئی دتعجب سے) آپ نے تو ایک شہزادے کو خط دے کر بھیجا تھا جس میں یہ لکھا تھا کہ "شہزادی کی شادی فوراً اس لڑکے سے کر دو۔"

بادشاہ (غصہ سے کانپ کر) میں نے اس کو قتل کرنے کے لیے لکھا تھا، تم نے اس کی شادی کیوں کی؟"

رانی:۔ آپ کا خط موجود ہے دیکھ لیجیے۔

بادشاہ:۔ لے آؤ۔

رانی نے خط بادشاہ کو دکھلایا۔ بادشاہ غصہ میں بھڑک اُٹھا اور کہنے لگا کہ "یہ ساری شرارت لڑکے ہی کی ہے، اس کو پکڑ لاؤ اور ابھی قتل کر دو۔"

لڑکا جب قتل کے لیے لایا گیا تو فوج نے دیکھا کہ ایک بے گناہ کا قتل ہو رہا ہے۔ سپاہیوں کو جنگل کا خواب یاد آ گیا۔ انھوں نے طے کر لیا کہ وہ اسی لڑکے کو بادشاہ بنائیں گے اور اس ظالم بادشاہ کو قتل کر ڈالیں گے۔ بس پھر کیا تھا، پوری فوج لڑکے کے ساتھ ہو گئی۔ بادشاہ کو قتل کر ڈالا اور لڑکے کو تخت پر بٹھا دیا۔ اب سب لوگ ہنسی خوشی رہنے لگے۔

پریوں کی کہانیاں

ڈھول والا

ایک دن شام کے وقت ایک ڈھول والا سمندر کے کنارے ٹہل رہا تھا۔ ٹہلتے ٹہلتے اس کی نظر ایک ڈبیا پر پڑی جو سمندر کے کنارے ریت پر گری ہوئی تھی۔ ڈھول والے نے ڈبیا کو اٹھا لیا اور جیب میں رکھ کر گھر کی طرف چلتا بنا۔ ڈبیا دیکھنے میں بہت معمولی تھی۔ اس نے پھر اس کے بارے میں کچھ نہ سوچا اور گھر پہنچ کر چپ چاپ سو رہا۔

جب رات آدھی کے قریب گزری تو آواز آئی۔ "ڈھول والے، ڈھول والے" بچارا ڈھول والا جاگ پڑا۔ اس کی سمجھ میں کچھ نہ آیا کہ اتنی رات گئے کون اُسے پکار رہا ہے۔ کمرے میں اندھیرا ابھی کافی تھا اور آواز بھی پہچانی ہوئی نہ تھی۔ اس لیے نہ تو وہ کچھ دیکھ ہی سکا اور نہ سمجھ ہی سکا۔ ہکا بکا ہو کر چاروں طرف تاکنے لگا۔ اور گھبراہٹ میں بولا

"کون ہو، کیا چاہتے ہو؟ ڈبیا اور میرا جمپر جو ڈبیا میں بند ہے دے دو۔ ڈبیا سمندر کے کنارے پڑی تھی جو تم اُٹھا لائے ہو۔" یہ آواز کسی قدر درد میں ڈوبی ہوئی سنائی دی۔ ڈھول والے نے کہا "اچھا میں واپس دے دوں گا۔ لیکن یہ تو بتاؤ کہ تم ہو کون؟" "میں ایک بادشاہ کی لڑکی ہوں،

مجھے ایک جادوگرنی نے پہاڑ کی کھوہ میں قید کر رکھا ہے، کبھی وہ مجھ کو توتے کی شکل میں بنا کر رکھتی ہے۔ کبھی کسی اور شکل میں، مجھے صرف ہفتہ میں ایک بار سمندر تک آنے کی اجازت ہے۔ آج میں نہانے آئی تھی۔ کپڑے میں نے ڈبیا میں بند کر کے رکھ دیے تھے۔ اتنی دیر میں تم پہنچے اور اُٹھا لائے۔ میری دوسری سہیلیاں اُڑ کر چلی گئیں۔ لیکن میں نہیں جا سکی۔ آج مجھے بڑی سخت سزائیں جھیلنی ہوں گی اور جتنی دیر ہوتی جائے گی، اتنی ہی زیادہ سزا ملے گی۔ اس لیے اب دیر نہ لگاؤ۔ میرے کپڑے مجھے واپس دے دو۔"

ڈھول والے نے جیب میں ہاتھ ڈالا اور ڈبیا نکال کر دے دی۔ شہزادی تیزی سے بھاگنے لگی۔ ڈھول والے نے پکار کر کہا "ٹھہرو! شاید میں تمھاری مدد کر سکوں!"

شہزادی:- لیکن پہاڑ پر چڑھنا بڑا مشکل کام ہے اور اگر چڑھ جاؤ تو اتر نہیں سکتے، جادوگرنی بڑی ظالم ہے۔ تمھیں پتھر کا ایک ٹکڑا بنا دے گی اور تم ہمیشہ ہمیشہ دھوپ میں جلا کرو گے۔

ڈھول والا:- دیکھا جائے گا۔ تم مجھے راستہ بتاؤ، پہاڑ کس جگہ ہے؟

شہزادی:- یہاں سے پورب کی طرف ایک مہینے کے راستے پر ایک بڑا گھنا جنگل ہے، اس کے بیچ میں یہ پہاڑ واقع ہے پہاڑ کے چاروں طرف دیووں کی آبادی ہے۔ بس اس سے زیادہ کچھ نہیں کہہ سکتی۔

اتنا کہہ کر شہزادی روتی پیٹتی اپنے قید خانہ کی طرف چلی گئی۔ ڈھول والا رات بھر نہ سو سکا۔ وہ شہزادی کو قید سے

پریوں کی کہانیاں

چھڑانے کی ترکیبیں سوچتا رہا۔ دوسرے دن صبح ہوتے ہی ڈھول والا جنگل کی طرف روانہ ہوگیا۔ جب وہ جنگل میں پہنچا تو اس نے اپنا ڈھول زور زور سے پیٹنا شروع کیا۔ پہاڑ، جنگل ڈھول کی آواز سے گونج اٹھا۔ تمام جانور ڈھول کی آواز سے بوکھلا گئے۔ چڑیاں اِدھر سے اُدھر اُڑنے لگیں۔ تھوڑی دیر کے بعد ایک دیو جو گہری نیند سو رہا تھا۔ گڑبڑا کر اُٹھا اور ڈھول والے کی طرف غصہ میں یہ کہتا ہوا دوڑا "کمبخت تو نے مجھ کو میٹھی نیند سے جگا دیا۔ بتلا تو یہاں ڈھول کیوں بجا رہا ہے؟"

ڈھول والا:۔ میں ڈھول اس لیے بجا رہا ہوں تاکہ ہزاروں آدمی جو میرے پیچھے آرہے ہیں وہ راستہ پا سکیں، میں سب کا سردار ہوں۔ ڈھول کی آواز پر میری ساری فوج پیچھے آرہی ہے۔

دیو:۔ اس جنگل میں تمہاری فوج کی آنے کی ضرورت کیا ہے؟ یہ جنگل ہم لوگوں کا ہے اور ہم لوگ اس کے بادشاہ ہیں۔

ڈھول والا:۔ ہاں! ہماری فوج اسی لیے آرہی ہے کہ تمہاری بادشاہی چھین لے۔ تم نے سارے جنگل پر قبضہ کر رکھا ہے۔ انسان وحیوان سب تم سے عاجز ہیں۔ آج کا دن تمہاری زندگی کا آخری دن ہے۔

دیو:۔ ہوں!!! چیونٹی کی طرح مسل کر سب کو رکھ دوں گا۔

ڈھول والا:۔ خیریت چاہتے ہو سامنے سے ہٹ جاؤ ورنہ ہماری کمان کا ایک تیر تمہاری جان لینے کے لیے کافی ہے۔

دیو:۔ یہ باتیں سُن کر ڈرا اور اتنا ڈرا کہ اس کے مُنہ سے آواز نکلنی مشکل ہوگئی، تھر تھر کانپتے ہوئے پیچھے کی طرف ہٹا اور بھاگنے لگا۔ ڈھول والے نے للکارا اور کہا۔ "ٹھہرا اے بزدل! تجھ

پریوں کی کہانیاں

جیسے ڈرپوکوں کی جان لینا ہماری شان کے خلاف ہے۔ آ! میں تیری جان بخشتا ہوں۔ اور تجھ کو اپنا غلام بناتا ہوں۔" یہ کہہ کر ڈھول والے نے دیو کو اپنا غلام بنالیا اور دیو ساتھ ساتھ چلنے لگا۔ تھوڑی دُور چلنے کے بعد ڈھول والے نے دیو کو حکم دیا کہ "تم مجھ کو اپنے کندھے پر بٹھالو اور جنگل کے بیچ میں جو پہاڑ ہے وہاں تک لے چلو۔" دیو ڈرا ہوا تو تھا ہی اس نے فوراً ڈھول والے کو اپنے کندھے پر بٹھالیا اور تھوڑی دیر میں پہاڑ کے پاس پہنچ گیا۔ یہ پہاڑ شیشے کی طرح چکنا تھا اور چاروں طرف سے ڈھلوان تھا۔ کسی طرف سے بھی اُوپر چڑھنا ممکن نہ تھا۔ ڈھول والے نے دیو سے کہا کہ "اوپر لے چلو" لیکن ایسے چکنے پہاڑ پر چڑھنا دیو کے بس میں بھی نہ تھا وہ انکار کر کے چلا گیا۔ اب ڈھول والا اکیلا، تنہا پہاڑ کے دامن میں کھڑا تھا۔ کچھ اس کی سمجھ میں نہ آتا تھا کہ کیا کرے آخر حیران و پریشان ہو کر وہ اپنا ڈھول زور زور سے پیٹنے لگا۔ ڈھول کی آواز سے ایک بار پھر سارے جنگل میں کھلبلی مچ گئی۔ تمام جانور ادھر سے ادھر دوڑنے پھرنے لگے۔ تھوڑی دیر کے بعد دو آدمی کچھ دُور پر کھڑے نظر آئے۔ ڈھول والا ان کے قریب گیا۔ وہ دونوں آپس میں لڑ جھگڑ رہے تھے۔ ڈھول والے نے جھگڑے کا سبب دریافت کیا معلوم ہوا کہ ایک زین کے واسطے جو پاس ہی زمین پر پڑا تھا دونوں میں جھگڑا ہو رہا ہے۔ ڈھول والے نے کہا کہ زین تو کوئی ایسی چیز نہیں جس کے واسطے تم لوگ لڑو۔ دونوں آدمیوں نے بتلایا کہ نہیں زین بہت قیمتی چیز ہے۔ اس میں خوبی یہ ہے کہ جو شخص بھی اس پر بیٹھ کر کہے گا کہ "لے چل" تو زین فوراً اس کو اس جگہ پہنچا دے گا۔ خواہ

وہ جگہ کتنی ہی دور کیوں نہ ہو۔ اب ڈھول والا اپنے دل میں سوچنے لگا کہ کسی طرح یہ زین اس کے قبضے میں آجائے تا کہ وہ اس پر بیٹھ کر پہاڑ کے اوپر پہنچ جائے۔ یہ سوچ کر ڈھول والے نے ان دونوں آدمیوں سے کہا کہ "اچھا تم لوگوں کا جھگڑا ابھی چکائے دیتا ہوں۔ دیکھو وہ سامنے درخت نظر آرہا ہے۔ تم دونوں دوڑو، جو اس درخت کو پہلے چھولے گا۔ زین اسی کو ملے گا۔" اس فیصلہ پر دونوں آدمی راضی ہو گئے۔ ڈھول والے نے فوراً زین اُٹھالیا۔ اور اس پر بیٹھ کر کہا کہ "لے چل" زین ڈھول والے کو لے کر اُڑ گیا۔ اور تھوڑی دیر میں پہاڑ کے اوپر پہنچا۔ چاروں طرف سنسان ویران پہاڑ کے سوا اور کچھ نظر نہ آیا۔ نہ کوئی جانور، نہ کوئی چڑیا نہ آدمی نہ کوئی چیز۔ لیکن ڈھول والا تھا بڑا بہادر۔ وہ ذرا بھی گھبرایا نہیں۔ اِدھر اُدھر گھومنا شروع کیا۔ کبھی کبھی اپنا ڈھول بجا بجا کر گانے بھی لگتا۔ گھومتے گھومتے اسے شام ہو گئی۔ تھوڑی دیر بعد اس کی نظر ایک جھونپڑی پر پڑی جو پہاڑ کے کنارے واقع تھی۔ وہ دوڑ کر وہاں گیا اور بند دروازہ کو کھٹکھٹایا۔ تین چار مرتبہ کھٹکھٹانے کے بعد ایک بڑھیا لاٹھی ٹیکتی ہوئی نکلی اور پوچھنے لگی "تم کیا چاہتے ہو؟"

ڈھول والا:۔ صرف ایک رات ٹھہرنے کی جگہ اور کچھ کھانے پینے کو دیجیے۔

بڑھیا:۔ اچھی بات ہے یہ چیزیں تمھیں مل جائیں گی۔ بشرطیکہ تم وعدہ کرو تم میرے تین کام کر دوگے۔

ڈھول والا:۔ ہاں! ہاں! میں تمھارے تینوں کام کر دوں گا۔ میں بہادر نوجوان ہوں، میں کام کرنے سے بالکل نہیں ڈرتا چاہے

وہ کام کتنا ہی مشکل کیوں نہ ہو۔

بڑھیا اس کو اندر لے گئی۔ کھانے پینے کو دیا۔ اور پھر سونے کی جگہ بتادی۔ ڈھول والا کھاپی کر مزے میں رات بھر سویا۔ صبح کو تازہ دم ہو کر اٹھا۔ بڑھیا آئی اور کہنے لگی کہ "دیکھو آج تم کو پہلا کام کرنا ہے اور وہ یہ کہ جھونپڑے کے پیچھے تھوڑی دور پر ایک بڑا بھاری تالاب ہے۔ تم اس تالاب کا سارا پانی چاندی کی اس چھوٹی سی کٹوری سے نکال کر دوسرے تالاب میں بھر دو، جو پاس ہی سوکھا ہوا پڑا ہے اور ساتھ ہی ساتھ یہ کام بھی کرو کہ اس تالاب میں سے جتنی مچھلیاں بھی نکلیں ان کو ایک ترتیب سے کنارے پر لگا کر رکھ دو۔" یہ کہ کر بڑھیا نے چاندی کی چھوٹی سی کٹوری نکال کر ڈھول والے کو دی اور پھر اپنے جھونپڑے کے اندر واپس چلی گئی۔ ڈھول والا کٹوری لے کر تالاب کے کنارے پہنچا۔ یہ تالاب بہت بڑا تھا۔ تین میل لمبا اور دو میل چوڑا تھا۔ اس میں رنگ برنگ کی چھوٹی بڑی مچھلیاں۔ ہزاروں کی تعداد میں تیرتی ہوئی نظر آرہی تھیں۔ بچارا ڈھول والا تالاب دیکھ کر حیران ہو گیا۔ اس کی سمجھ میں کچھ نہ آیا کہ اتنے بڑے تالاب کا پانی دن بھر میں کیسے خالی کرے۔ اگر وہ چاندی کی کٹوری سے تالاب کا پانی نکالنا شروع کرے تو ساری زندگی میں بھی خالی نہیں ہو سکتا۔ بچارا فکر میں ڈوبا ہوا اداس ہو کر بیٹھ گیا۔ بیٹھے بیٹھے اسے نیند آنے لگی اور وہ سر کے نیچے ہاتھ رکھ کر سو گیا۔ جب اسے سوتے ہوئے بارہ بج گئے اور سورج سر پر چمکنے لگا تو ایک لڑکی ہاتھ میں کھانے کی تھالی لیے ہوئے چھم چھم کرتی ہوئی اس کے پاس آئی اور کہنے لگی اٹھ اے نوجوان اور کھانا کھا! ڈھول والا یہ آواز سن کر

جاگ گیا۔ دیکھتا کیا ہے کہ ایک خوب صورت لڑکی کھانا لیے کھڑی ہے اور کھانے کی دعوت دے رہی ہے۔ ڈھول والے نے کہا "اچھا میں کھانا کھا لوں گا لیکن پہلے یہ تو بتلاؤ تم کون ہو اور کہاں سے آئی ہو؟"

لڑکی نے کہا یہ باتیں تم بعد میں پوچھنا۔ پہلے یہ بتلاؤ کہ "تم اس پہاڑ پر کس لیے آئے ہو اور اس دھوپ میں تالاب کے کنارے کیوں لیٹے ہو؟"

ڈھول والا:۔ میں ایک شہزادی کو قید سے چھڑانے آیا ہوں جس کو جادوگرنی نے یہاں پر قید کر رکھا ہے۔ میں بڑی مشکلوں سے کسی طرح اس پہاڑ پر چڑھا ہوں۔ پاس ہی ایک جھونپڑا ہے جس میں ایک بڑھیا رہتی ہے۔ اس بڑھیا نے تین کام میرے سپرد کیے ہیں۔ آج پہلا کام مجھے یہ دیا ہے کہ میں اس تالاب کا پانی نکال کر دوسرے تالاب میں بھر دوں اور تمام مچھلیوں کو ایک ترتیب سے لگا دوں۔ بڑھیا کا یہ حکم ہے کہ شام تک یہ کام ختم ہو جانا چاہیے۔ میں سخت پریشان ہوں کہ یہ کس طرح ہوگا۔ جب یہ پہلا کام اتنا مشکل ہے تو نہ جانے دوسرے دونوں کام کتنے مشکل ہوں گے۔

لڑکی:۔ گھبراؤ نہیں تم کھانا کھاؤ اور آرام سے سو جاؤ۔ جب تم سو کر اٹھو گے تو یہ کام پورا ہو جائے گا۔ ڈھول والے کو لڑکی کی بات سے تسلی ہوئی۔ اس نے کھانا کھایا اور پھر سو رہا۔ جب وہ سو گیا تو لڑکی نے اپنی انگوٹھی نکالی فوراً چار دیو حاضر ہوئے۔ لڑکی نے حکم دیا کہ اس تالاب کا پانی نکال کر دوسرے تالاب میں بھر دو۔ اور تمام مچھلیوں کو کنارے پر ترتیب سے لگا کر رکھ دو۔ چاروں دیوؤں نے مل کر منٹوں میں یہ کام کر دیا۔ سہ پہر کے وقت تک ڈھول والا سو کر اٹھا اس نے دیکھا کہ تالاب خالی ہو چکا ہے۔ اور تمام مچھلیاں کنارے

پر ترتیب سے لگی ہوئی ہیں صرف ایک مچھلی کنارے پڑی ہوئی تھی اشارہ کرکے کہا کہ جب بڑھیا تم سے پوچھے کہ یہ مچھلی الگ کیوں پڑی ہوئی ہے تو فوراً اس کو اٹھا کر بڑھیا کے منہ پر دے مارنا اور کہنا کہ شیطان کی بچی جادوگرنی یہ تیرے لیے ہے۔ یہ کہہ کر چھم چھم کرتی ہوئی غائب ہوگئی۔

شام کے وقت بڑھیا آئی دیکھا کہ تالاب خالی ہوچکا ہے اور مچھلیاں کنارے پر ترتیب سے رکھی ہوئی ہیں صرف ایک مچھلی الگ پڑی ہوئی ہے۔ بڑھیا نے اس مچھلی کی طرف اشارہ کرکے پوچھا کہ یہ مچھلی کیوں الگ پڑی ہوئی ہے؟ ڈھول والے نے فوراً اس کو اٹھا کر بڑھیا کے منہ پر دے مارا اور کہا کہ "شیطان کی بچی! جادوگرنی یہ تیرے لیے ہے"۔ بڑھیا خاموش رہی اور ڈھول والے کے اس کارنامہ پر تعجب کرتی رہی۔ دوسرے دن صبح کو بڑھیا نے پھر ڈھول والے کو بلایا اور کلھاڑی دے کر کہا کہ "سارا جنگل کاٹ ڈالو اور تمام درختوں کے گٹھر باندھ کر ایک ترتیب سے لگا دو۔ شام تک یہ کام ختم ہو جانا چاہیے۔ ڈھول والا کلھاڑی لے کر جنگل میں گیا۔ غریب کی سمجھ میں کچھ نہ آیا کہ کس طرح اس کام کو ختم کرکے اسی سوچ میں بیٹھا ہی تھا کہ وہی خوبصورت لڑکی چھم چھم کرتی ہوئی اس کے پاس آئی اور کہنے لگی کہ "نوجوان مسافر لے کھانا کھا"۔ ڈھول والا اٹھا اور اپنے سامنے اسی لڑکی کو دیکھ کر خوش ہوگیا اور آج کا کام لڑکی سے بیان کیا۔ لڑکی نے کہا کہ تم بالکل نہ گھبراؤ کھانا کھا کر سو جاؤ۔ جب تم سو کر اٹھو گے تو جنگل کٹ چکا ہوگا۔ ڈھول والے نے کھانا کھایا اور سو گیا۔ لڑکی نے فوراً اپنی انگوٹھی نکال کر رگڑی۔ چار دیو حاضر ہوئے۔ لڑکی نے حکم دیا کہ "سارا جنگل فوراً کاٹ ڈالو اور گٹھر باندھ کر رکھ دو"۔ چاروں دیووں نے فوراً یہ کام ختم کر دیا۔ سہ پہر کے قریب جب ڈھول والا اٹھا تو

لڑکی نے کہا کہ "دیکھو تمام جنگل کٹ چکا ہے اور گٹھر ترتیب سے لگے ہیں صرف ایک شاخ الگ پڑی ہے۔ اگر بڑھیا پوچھے کہ یہ شاخ الگ کیوں پڑی ہوئی ہے، تو فوراً شاخ بڑھیا کے مُنہ پر دے مارنا اور کہنا کہ شیطان کی بچی جادوگرنی یہ تیرے لیے ہے۔" شام کے وقت بڑھیا آئی اور تمام جنگل کو کٹا ہوا دیکھ کر تعجب کرنے لگی وہ شاخ جو دوسروں سے الگ پڑی ہوئی تھی بڑھیا نے اس کے بارے میں سوال کیا، ڈھول والے نے فوراً اس شاخ کو اُٹھایا اور کہا کہ "شیطان کی بچی جادوگرنی یہ تیرے لیے ہے۔" بڑھیا خاموش ہو رہی اور لڑکے کے کارنامہ پر تعجب کرتی ہوئی اپنے جھونپڑے میں چلی گئی۔ تیسرے دن پھر بڑھیا ڈھول والے کے پاس آئی اور کہنے لگی "آج تم کو آخری کام کرنا ہے۔ اگر اس کام کو تم پورا کرلو تو میں تم کو آزاد کردوں گی اور تم کو اختیار ہوگا کہ جہاں چاہو جا سکو۔ کام یہ ہے کہ ان تمام گٹھروں کا ایک ڈھیر بناؤ اور اس میں آگ لگا دو۔ یہ کام بھی شام تک ختم ہو جانا چاہیے" سارے جنگل کی لکڑیوں کا ایک ڈھیر جمع کرنا۔ ایک آدمی کے بس کا کام نہ تھا۔ ڈھول والا پھر فکر میں ڈوبا ہوا جنگل میں بیٹھ گیا، تھوڑی دیر کے بعد اسے نیند آگئی۔ جوں ہی سویا تھا وہی لڑکی چھم چھم کرتی ہوئی کھانا لیے آئی۔ ڈھول والے نے اس کو آج کا کام بتلایا۔ لڑکی نے اسے پھر اطمینان دلایا اور کہا کہ "تم کھانا کھا کر سو جاؤ۔ سہ پہر تک سب کچھ مکمل ہو جائے گا۔" ڈھول والا کھانا کھا کر سوگیا۔ سہ پہر کو اُٹھا تو دیکھا کہ تمام جنگل کی لکڑیاں ایک ڈھیر کی شکل میں جمع ہو گئی ہیں اور اس میں آگ لگی ہوئی ہے، شعلے اُٹھ اُٹھ کر آسمان تک جا رہے ہیں۔ لڑکی نے ڈھول والے سے کہا کہ "دیکھو بڑھیا تم سے جو کچھ کہے اس کو یوں ہی بہادری سے کرنا اور ذرا بھی نہ ڈرنا۔ اگر ڈرو گے تو اس آگ کے شعلے تم کو جلا کر خاک کردیں گے۔" بڑھیا تم

سے کہے گی کہ تم آگ کے اُس ڈھیر میں سے ایک لکڑی ایسی ہے جو نہیں جلے گی اس کو نکال کر لاؤ۔ تم بغیر کسی ڈر کے دہکتے شعلوں میں کود پڑنا اور اس کو نکال لانا۔ وہ لکڑی میں ہوں۔ اور میں ہی وہ شہزادی ہوں جس کے کپڑے تم اُٹھا کر سمندر کے کنارے سے لے گئے تھے۔ تم جیسے ہی لکڑی نکال کر باہر آنا فوراً زور سے لکڑی کو پٹک دینا۔ میں اپنی اصلی صورت میں تمہارے سامنے کھڑی ہو جاؤں گی۔ اس وقت تمہاری پھرتی اور بہادری کی ضرورت ہوگی۔ یعنی یہ کہ جیسے ہی مجھے شہزادی کی شکل میں دیکھنا فوراً بڑھیا کے دونوں بازو پکڑ کر اوپر اُٹھا لینا اور زور سے ان شعلوں کے بیچ میں پھینک دینا۔ تاکہ وہ جل کر راکھ ہو جائے۔ جس کو تم بڑھیا کہتے ہو دہی وہ جادوگرنی ہے۔ جس نے مجھ کو قید کر رکھا ہے۔ اگر تم ذرا بھی ڈرے یا ہچکچائے تو یاد رکھو وہ بڑھیا ہم سب کو کھا جائے گی۔" یہ کہہ کر لڑکی غائب ہو گئی۔ شام کے قریب بڑھیا آئی۔ اس نے دیکھا کہ سارا جنگل آگ کا شعلہ بنا ہوا ہے۔ ڈھول والے سے کہا جاؤ۔ اس شعلہ کے بیچ میں ایک لکڑی پڑی ہوئی ہے۔ جو نہیں جلے گی اس کو اُٹھا لاؤ۔ ڈھول والا بغیر کسی جھجک کے دہکتی ہوئی آگ میں کود پڑا اور لکڑی اُٹھا کر باہر لے آیا۔ باہر آتے ہی اس نے لکڑی کو زمین پر زور سے مارا اور شہزادی کھڑی ہو گئی۔ پھر اس نے نہایت ہی تیزی سے بڑھیا کو پکڑ کر آگ کے اندر جھونک دیا جو جل کر خاک ہو گئی۔

اب ڈھول والا اور شہزادی دونوں آزاد تھے۔ شہزادی نے ڈھول والے سے گھر چلنے کے لیے کہا۔ دونوں زین پر بیٹھ کر فوراً شہزادی کے محل میں پہنچ گئے۔ بادشاہ اور رانی کو شہزادی کی دوبارہ واپسی کی بہت زیادہ خوشی ہوئی۔ بادشاہ نے ڈھول والے سے شہزادی کی شادی کر دی اور اسی کو تخت پر بٹھا دیا۔

***